OSBERT,
O VINGADOR

CONTOS DE SCHWARTZGARTEN

Christopher William Hill

OSBERT, O VINGADOR

Tradução
Carolina Selvatici

Rio de Janeiro | 2015

1. O Mausoléu do Instituto
2. Altaiataria Hempkeller & Bausch
3. Avenida Borgburg
4. O Instituto
5. Beco dos Envenenadores
6. Museu de Schwartzgarten
7. Academia do professor Ingelbrod
8. Apartamento do Sr. Rudulfus
9. Ponte Grão-Duque Augustus
10. Palácio do Governo
11. Loja de Chocolates M. Kalvitas
12. The Old Chop House
13. Apartamento de Babá
14. Delegacia de Polícia
15. Apartamento dos Myop
16. Edvardplatz
17. Apartamento dos Brinkhoff

18. Ópera de Schwartzgarten
19. Delicatéssen de Salvator Fattori
20. Rua Anheim
21. Fábrica de Cola
22. Ponte Princesa Euphenia
23. Casa da Dra. Zilbergeld
24. Biblioteca
25. Parque
26. Jardim Zoológico
27. Reformatório de Schwartzgarten para Crianças Desajustadas
28. Hotel Imperador Xavier
29. Açougue de Oskar Sallowman
30. Estação Ferroviária Imperial
31. Fábrica de Pasta de Anchova
32. Banco Muller, Baum e Spink
33. Loja de Violinos
34. Fábrica de Strudels Oppenheimer

Copyright © Christopher William Hill 2012
Copyright da ilustração de capa © Chris Riddell 2012
Copyright © Tradução Editora Bertrand Brasil Ltda.

Título original: *Osbert the Avenger*
Publicado originalmente na Grã-Bretanha por Orchard Books, em 2012

Capa: Oporto design

Editoração: FA Studio

Texto revisado segundo o novo
Acordo Ortográfico da Língua Portuguesa

2015
Impresso no Brasil
Printed in Brazil

Cip-Brasil. Catalogação na fonte
Sindicato Nacional dos Editores de Livros — RJ

H545o	Hill, Christopher William
	Osbert, o vingador / Christopher William Hill; tradução Carolina Selvatici. — 1. ed. — Rio de Janeiro: Bertrand Brasil, 2015.
	266 p.; 23 cm. (Histórias de Schwartzgarten, 1)
	Tradução de: Osbert, the avenger
	ISBN 978-85-286-1678-1
	1. Ficção inglesa. I. Selvatici, Carolina. II. Título.
	CDD: 823
14-14734	CDU: 821.111-3

Todos os direitos reservados pela:
EDITORA BERTRAND BRASIL LTDA.
Rua Argentina, 171 — 2º andar — São Cristóvão
20921-380 — Rio de Janeiro — RJ
Tel.: (0xx21) 2585-2070 — Fax: (0xx21) 2585-2087

Não é permitida a reprodução total ou parcial desta obra, por
quaisquer meios, sem a prévia autorização por escrito da Editora.

Atendimento e venda direta ao leitor:
mdireto@record.com.br ou (0xx21) 2585-2002

Impresso no Brasil pelo Sistema Cameron da Divisão Gráfica da
DISTRIBUIDORA RECORD DE SERVIÇOS DE IMPRENSA S.A.

Para CJN

Capítulo Um

OSBERT BRINKHOFF nasceu numa quinta-feira, numa família respeitável, num canto obscuro da cidade de Schwartzgarten. O Sr. e a Sra. Brinkhoff, que sempre sonharam em gerar um gênio, receberam a cabeça consideravelmente grande e a testa alta de Osbert com uma alegria indisfarçável.

— Ele tem a cabeça de um colosso intelectual — observou o Sr. Brinkhoff.

— É verdade — respondeu o Dr. Zimmermann, olhando para a criança com certa desconfiança enquanto guardava o fórceps e o estetoscópio. — Eu não ficaria surpreso se o seu menino crescesse e se tornasse o cidadão mais inteligente de toda a cidade.

E foi assim que a história de Osbert Brinkhoff começou.

A família Brinkhoff morava num apartamento confortável na rua Marechal Podovsky, próximo à biblioteca e com vista para o rio de águas turvas e poluídas que sinuava como uma serpente pelo coração de Schwartzgarten. O Sr. Brinkhoff trabalhava como caixa no Banco Muller, Baum e Spink e tinha muito mais ambições para o filho do que jamais tivera para si mesmo. Ainda assim, suas perspectivas eram excelentes, e havia sido decidido que, quando o velho Sr. Spink finalmente falecesse, o nome do banco mudaria para Muller, Baum e Brinkhoff.

A Sra. Brinkhoff tinha muito orgulho do marido e o adorava. Toda noite ela se deitava e rezava para que o Sr. Muller e o Sr. Baum morressem num terrível acidente. Assim, quando Osbert tivesse idade suficiente, ele e o Sr. Brinkhoff poderiam cuidar do banco sozinhos.

No entanto, à medida que os anos passavam e Osbert se tornava um menininho, ele não demonstrava nenhuma inclinação para as atividades bancárias. Sempre fora pequeno para sua idade, tinha a pele pálida e intensos olhos azuis. Herdara a miopia do pai e usava óculos desde os primeiros anos de vida. Não gostava de brincar com outras crianças; em vez disso, ficava horas sentado em seu quarto, lendo livros sobre Física e Álgebra, tirados do escritório do pai, depois de prender a porta com uma cadeira para não ser incomodado.

Aquele não era exatamente o menino com que os Brinkhoff haviam sonhado. Por isso, desesperados, eles decidiram que não tinham escolha senão contratar uma babá para cuidar de Osbert, esperando que ela pudesse evitar que o garoto se tornasse irremediavelmente peculiar. Então, ao analisar a seção de "Serviços" de *O Diário de Schwartzgarten*, na véspera do sexto aniversário de Osbert, os dois encontraram um pequeno anúncio que parecia atender a todos os seus desejos: *Cuido de meninos, sem perguntas. Mais de trinta anos de experiência.*

No dia em que Babá chegou, o céu ganhou um curioso tom maravilha. O tempo ficou quente e sufocante, e, enquanto a mulher se arrastava pela escada até o apartamento dos Brinkhoff, Osbert a observou com desconfiança da janela de seu quarto. Babá era uma mulher grande, quase esférica. Vestia preto da cabeça aos pés: botas pretas, saia preta, casaco preto e penas pretas que apontavam para cima, saídas de seu chapéu preto.

"Parece um corvo bem alimentado", pensou Osbert, amargo.

O Sr. e a Sra. Brinkhoff se reuniram com Babá no escritório e o menino ficou ouvindo pela fechadura.

— A senhora vai ver que Osbert é um garoto muito esperto — afirmou o Sr. Brinkhoff. O orgulho em sua voz não escondia a presente ansiedade. — Mas, como todos os meninos espertos, ele tem que ser observado de perto.

A poltrona na qual Babá estava sentada grunhiu sob o grande peso quando a mulher se inclinou para a frente, observando os Brinkhoff com um olhar frio como aço.

— O negócio com os meninos — sussurrou misteriosamente — é que mesmo o mais velho deles pode voltar a ser normal. É como os gorilas no zoológico — cuspiu ela, e a Sra. Brinkhoff tossiu, nervosa. — Meninos devem ser *domados*.

No dia seguinte, Babá acordou cedo em seu apartamento na Cidade Velha. Fez duas malas, desligou o gás e a eletricidade e cobriu os móveis com grandes lençóis brancos. Trancando a porta do apartamento, ela desceu a escada e foi até a Donmerplatz, onde pegou o bonde com destino ao outro lado da cidade para começar no novo emprego na casa da família Brinkhoff.

A Sra. Brinkhoff achou que seria melhor Babá se instalar em sua nova residência antes de ser apresentada ao pequeno Osbert. Mas o pequeno Osbert pensava diferente. Enquanto desfazia as malas, Babá percebeu que tinha companhia. Ali, na porta, estava o menino, observando cada movimento da mulher.

— Então, você é o pequeno Osbert Brinkhoff? — perguntou Babá.

Sério, o menino assentiu com a cabeça.

— Pode dar um beijo na Babá?

Osbert negou-se.

— Tudo bem, então — respondeu Babá, desfazendo as malas.

Osbert continuou observando da porta, mas sua curiosidade aumentou quando a mulher abriu uma das malas e tirou uma dúzia de porta-retratos prateados, embrulhados cuidadosamente em papel de seda. Ela desembrulhou todas as fotos e arrumou-as com carinho sobre a cômoda. O maior porta-retratos ficou na mesa de cabeceira, ao lado da cama.

Com cuidado, Osbert entrou no quarto. Olhou diretamente para a fotografia.

— É o marechal Potemkin — explicou Babá. — Meu primeiro amor. Foi envenenado e morreu.

Osbert aproximou-se das fotografias sobre a cômoda.

— O general Metzger — continuou Babá. — Ele foi morto por uma bomba um dia antes do nosso casamento... E, ao lado dele, está o marechal Beckmann, que teve a cabeça decepada por um sabre... Ah, como eu amava o marechal Beckmann — suspirou Babá, melancolicamente. — Mortos. Estão todos mortos.

Eram doze fotografias de doze líderes militares famosos, todos apaixonados por Babá até suas vidas serem interrompidas de modo horrendo.

— Com isso, nunca me casei — explicou Babá. — Nenhum deles viveu o bastante. — Ela sorriu. — E foi assim que me tornei babá.

Babá estava acostumada com meninos pequenos. Em seus trinta anos de carreira, vira a maioria dos tipos imagináveis de crianças: as que gritavam e cuspiam, as que se contorciam e esperneavam para fazer tudo, até as que brigavam e mentiam. No entanto, Osbert era um pouco diferente. Mostrava-se cuidadoso e inteligente. Isso incomodava Babá. A chave para domar o menino, decidiu, seria manter-se constantemente vigilante.

Entretanto, Osbert não tinha nenhuma intenção de ser domado, não importava o quanto Babá tentasse. Ela podia amarrá-lo numa cadeira e se recusar a soltá-lo até que tivesse comido todo o jantar, e Osbert sempre conseguia se libertar. Ela podia ameaçá-lo com monstros debaixo de sua cama, e ele sempre ficava decepcionado quando os bichos não apareciam. Ela podia dar uma dose de óleo de fígado de bacalhau para o menino, só para descobrir que Osbert havia devolvido o favor colocando o mesmo óleo na xícara de chocolate quente de Babá.

À medida que as semanas passavam, Osbert foi ficando cansado das tentativas de controle de Babá. Um dia, enquanto a mulher estava fora, ele entrou no quarto dela na ponta dos pés. Estava à procura de pistas — pistas que provariam que seus pais não podiam confiar em Babá para cuidar de um jovem gênio impressionável. No entanto, quando começou a abrir as gavetas da cômoda, teve a certeza de que não encontraria prova de nenhum delito. A princípio, só havia chapéus de penas de corvo em vários estágios de decrepitude e pacotes de caramelos salgados, todos pela metade.

No entanto, quando seus dedos apalparam os cantos da última gaveta, ele descobriu que um fundo falso havia sido acrescentado a ela. Erguendo cuidadosamente a tampa de madeira, encontrou arames e massa para calafetar, um despertador, um sabre enferrujado e uma garrafa de vidro verde decorada com uma caveira e uma cruz de ossos.

— Faça com os outros antes que possam fazer com você — disse uma voz.

Osbert virou-se e viu Babá parada. Ela tirou a tampa de madeira das mãos do menino e recolocou-a cuidadosamente no fundo da gaveta, cobrindo o valioso tesouro das "coisas escondidas" de Babá.

Osbert sorriu. De repente, a vida havia se tornado interessante.

— Nosso segredinho — pediu Babá, e Osbert jurou de pés juntos guardá-lo.

Alguma coisa havia mudado. Parecia que Babá passara a sentir um respeito relutante por Osbert e, por sua vez, Osbert sentia um respeito recém-descoberto por Babá.

— Sou leal às famílias para quem trabalho, Osbert — disse ela.

— As pessoas que me tratam bem têm toda a minha bondade. Eu machucaria ou mataria pela minha família, se precisasse.

— E já precisou? — perguntou Osbert, queimando de curiosidade.

— Isso é assunto meu — respondeu Babá, batendo na lateral do nariz com o indicador gordinho. — Vamos simplesmente dizer que algumas pessoas foram parar em seus túmulos mais cedo do que pretendia a natureza.

À medida que o tempo passava, Babá começava a gostar de Osbert. Ele podia ser um menino carinhoso e atencioso e, às vezes, lia para ela cálculos matemáticos de seu livro de Álgebra, pois acreditava que a mulher os acharia divertidos.

Osbert e Babá faziam longas caminhadas juntos: pela rua Marechal Podovsky, passando pelo Palácio do Governo, com seu domo de cobre esverdeado, até a Edvardplatz, onde paravam e observavam o grande relógio bater as horas. Às vezes, andavam até a ponte Grão-Duque Augustus, observando as marolas baterem nas margens. À medida que Osbert crescia, as caminhadas os levavam a lugares mais distantes — para além da ponte Princesa Euphenia até a Cidade Velha. Osbert era fascinado pela

Cidade Velha. Os prédios pareciam mais escuros, as ruas eram mais estreitas e a fumaça nociva da fábrica de cola se espalhava por todos os cantos.

— Está vendo ali em cima? — perguntou Babá, apontando para uma janela no sétimo andar de um prédio decrépito. — Era ali que eu morava.

— Não gostei — disse Osbert.

— Não é tão ruim assim — informou Babá —, se você não se importar com o fedor da fábrica de cola e tiver a felicidade de um assassino entrar na sua casa e cortar sua garganta de orelha a orelha enquanto ainda está no mundo dos sonhos.

Ela soltou uma gargalhada borbulhante, como um fluxo de água que corre por um ralo.

Osbert odiara o lugar com todas as forças, e Babá pôde sentir o tremor do menino enquanto segurava a mão dele.

— Tem um lugar que eu acho que você vai gostar *muito* de ver — afirmou ela, enquanto andava com ele até o fim da rua.

Atravessando trilhos de bonde abandonados, eles encontraram um muro acinzentado alto, que parecia se estender para sempre em ambas as direções.

— Chamam isto de rua Pomar dos Ossos — informou Babá, com um brilho escuro nos olhos. — Vamos dobrar à esquerda.

Depois de andar por mais de dez minutos, o muro se abriu num portão monumental.

— O Portão das Caveiras — suspirou Babá, numa reverência silenciosa.

Olhando para cima, Osbert viu que o portão tinha, no topo, uma pirâmide de crânios de ferro. Sobre a pavorosa formação havia um esqueleto ornamental, vestido com uma túnica negra e uma coroa dourada, o dedo ossudo esticado, apontando para o caminho abaixo dele.

— Veja — disse Babá, o hálito quente de animação. — Ele está apontando para nós. Para mim e para você. Aqueles crânios em que está sentado poderiam ser os nossos.

Depois do portão ficava o Cemitério Municipal de Schwartzgarten. Apesar de Osbert nunca ter visitado o lugar, ele conhecia bem a sua reputação. A cidade de Schwartzgarten fora amaldiçoada por duzentos anos de revoluções civis, cercos sangrentos, batalhas e assassinatos políticos. Aquilo, é claro, havia resultado numa vasta quantidade de corpos que deveriam ser enterrados. Por isso, o cemitério ocupava um quarto do tamanho de toda Schwartzgarten e era conhecido por muitos como "a Cidade Negra".

Babá comprou uma dúzia de rosas brancas do florista do cemitério e guiou Osbert pelo Portão das Caveiras. Os dois saíram da aleia central, que levava ao coração do cemitério, e continuaram por um caminho mais estreito e escuro, à sombra de uma série de teixos. Quando parecia que a rota não podia ficar mais escura, Babá e Osbert dobraram uma esquina e entraram num pátio pavimentado e bem-iluminado. O sol já estava se pondo, mas os raios de luz se refletiam nos belos túmulos de mármore branco que cercavam o local. Era como ver o luar no meio do dia. Babá se

—17—

virou lentamente, encarando os bustos brilhantes que encimavam cada um dos doze túmulos. Os rostos pareceram familiares para Osbert; eram militares com barbas bem-aparadas e bigodes elaboradamente enrolados.

— Meus queridos — sussurrou Babá. — Meus adorados amores mortos.

Dentro dos doze túmulos estavam enterrados os restos mortais dos amores perdidos de Babá: o general Metzger, o marechal Beckmann e o restante.

— Faça com os outros antes que eles possam fazer com você — repetiu Osbert, grave.

Babá lançou um sorriso maldoso e depositou uma rosa branca aos pés de cada túmulo, deixando, por fim, um botão aos pés esculpidos do marechal Potemkin.

— Meu primeiro e maior amor — sussurrou Babá, beijando o rosto frio de pedra do marechal. — Um soldado tão corajoso... Bebeu uma garrafa inteira de cianeto com aguardente de beterraba e não soltou nenhuma reclamação.

***

Apesar de Babá estar feliz por educar Osbert nos caminhos do mundo, relatando histórias obscuras de intriga e assassinato, ela deixava a educação formal do menino para os pais dele. Assim, durante toda a primeira infância de Osbert, o Sr. e a Sra. Brinkhoff deram aulas ao filho em casa — a Sra. Brinkhoff durante o dia e o Sr. Brinkhoff toda noite, quando voltava do banco. No entanto, quando o menino completou 11 anos, ficou claro que os dois não estavam aptos ao desafio de educar o filho. Ele era simplesmente inteligente demais para os dois. Fazia grandes divisões em segundos, decorava longos trechos de poesia com apenas uma leitura e discutia a história de Schwartzgarten como se tivesse sido testemunha do passado longo e excepcionalmente sangrento da cidade.

— Só temos uma solução — sussurrou o Sr. Brinkhoff para a mulher, enquanto tirava um livro de Álgebra dos braços do filho, que dormia. — Ele tem que fazer o exame de admissão do Instituto.

— Ele não pode — retrucou a Sra. Brinkhoff, balançando a cabeça. — Não deve.

— Também não gosto da ideia — explicou o Sr. Brinkhoff, triste —, mas o menino é esperto demais para nós. Muitíssimo mais esperto do que nós dois. Se for aceito no Instituto, quem sabe onde ele poderá chegar?

A Sra. Brinkhoff estremeceu e ajeitou as cobertas de Osbert, beijando com suavidade a enorme testa do menino. A mulher temia o pior: o Instituto tiraria o filho dela, e quem sabe o que aconteceria depois?

Capítulo Dois

O INSTITUTO ficava numa colina alta no limite norte da cidade. Seus enormes muros de ardósia acinzentada podiam ser vistos pela maior parte das casas e apartamentos de Schwartzgarten. Era um imóvel assustador. Causava medo no coração de todos que olhavam para ele, e não sem razão. Até mesmo os fiscais do Ministério da Educação se recusavam a visitar o Instituto. Em vez disso, escreviam, de tempos em tempos, para a escola, indagando sobre o bem-estar das crianças para se certificarem de que todas ainda estavam vivas.

O Instituto selecionava apenas as crianças mais inteligentes da cidade, e todos os anos convidava alunos em potencial a se inscreverem. Com o coração entristecido, o Sr. Brinkhoff sentou-se à mesa do escritório e escreveu para o Sr. Rudulfus, o Diretor Adjunto do Instituto e Chefe de Admissões, perguntando se seu filho poderia se candidatar a uma vaga no início do novo período escolar.

Uma semana depois, chegou uma carta em um envelope negro, endereçada a Osbert. Dizia o seguinte:

Osbert Brinkhoff, você realmente acredita que tem o que é preciso para se tornar aluno do Instituto? O que faz você pensar que possui alguma chance de entrar em nossa escola quando seu pai foi reprovado no exame de admissão de forma tão ridícula? As provas serão realizadas no dia 3 do próximo mês. Se acha que vai falhar, como ocorreu com seu pai, não se preocupe em comparecer.

A carta havia sido assinada com um rabisco quase ilegível e cheio de tinta: *O Diretor*.

Osbert correu até o escritório do pai e mostrou a carta misteriosa.

— É verdade, papai? — indagou Osbert. — Você foi *mesmo* reprovado no exame de admissão?

O Sr. Brinkhoff estava parado, triste, ao lado da janela, olhando por sobre a cidade, para onde ficava o Instituto, pousado como uma enorme gárgula diabólica sobre as colinas distantes.

— Agora você sabe a verdade — afirmou ele, que sempre tivera certeza de que seu fracasso um dia viria à tona. — Não passei no exame. Disseram que as minhas respostas eram impulsivas demais. — O homem suspirou e deu uma série de tapinhas no ombro de Osbert. Aquilo, obviamente, não era verdade. Tudo que o Sr. Brinkhoff ouvira do Instituto fora um silêncio ensurdecedor. — Mas você, meu filho — continuou ele, sorrindo, orgulhoso —, tem uma grande chance de ser aceito.

Dia após dia, noite após noite, Osbert estudou na mesa do escritório do pai, preparando-se para o exame de admissão. O Sr. Brinkhoff era um professor paciente e estudava com o filho por horas a fio, fazendo perguntas sobre Álgebra e Latim, Física e História. Estava determinado a não deixar Osbert sofrer a mesma humilhação esmagadora que sofrera tantos anos antes.

Por fim, chegou o dia do exame. A Sra. Brinkhoff, que não podia olhar para o filho sem chorar, ficou sentada em silêncio na sala de estar enquanto Babá cortava rodelas muito finas de pão com passas e passava nelas uma grossa camada de manteiga — era um lanche para que Osbert comesse no caminho para o Instituto.

A manhã estava amargamente fria. O Sr. Brinkhoff segurava com firmeza a mão do filho enquanto o guiava pelas traiçoeiras calçadas congeladas. Quando o sino tocou e o bonde surgiu, balançando-se nos trilhos, a mão do Sr. Brinkhoff apertou a de Osbert com mais força ainda.

O bonde se sacudiu perigosamente pelas margens do rio Schwartz, e o Sr. Brinkhoff continuou a preparar o filho para o exame de admissão iminente, recitando equações matemáticas e versos latinos.

Quando passaram pela Edvardplatz e pelo Palácio do Governo, o Sr. Brinkhoff pensou secretamente em tocar o sino e parar o veículo tremelicoso, correr de volta para casa com Osbert e trancar a porta. No entanto, quando dobraram numa esquina e os enormes muros sombrios do Instituto se tornaram visíveis mais uma vez sobre as lojas e apartamentos, ele percebeu que era tarde demais. O que teria que ser, seria.

Os bondes paravam ao pé da colina que levava ao Instituto; por isso, Osbert e o Sr. Brinkhoff terminaram a jornada a pé. A estrada era íngreme, e, por um instante, a escola pareceu desaparecer por completo atrás do cume da colina. Os dois continuaram a andar, escorregando por vezes nos paralelepípedos congelados. Quando, por fim, chegaram ao topo da colina, o Instituto se agigantou à frente deles.

De longe, o prédio parecia um lugar horrível, mas, com a proximidade, tinha ares ainda mais lúgubres e agourentos. Pousadas sobre o topo dos enormes muros cinzentos, três grandes gárgulas de pedra observavam a cidade. Uma quarta gárgula caíra do telhado muitos anos antes e acabara no telhado do ginásio, onde permanecia, acomodada entre as cumeeiras, uma das enormes asas despontando entre as telhas.

Havia apenas uma entrada para o Instituto, formada por um belo par de portões de ferro fundido, presos ao muro alto que cercava o prédio. Acima dos portões, em letras douradas, ficava o adágio latino *Scientia est potentia.*

— Sabe o que aquela frase significa? — perguntou o Sr. Brinkhoff.

— Sei, pai — respondeu Osbert, que começava rapidamente a dominar a língua latina morta. — Significa "Conhecimento é Poder".

No muro, ao lado dos portões, havia uma campainha e uma placa de bronze gravada: *Para ser atendido, toque o sino. Apenas alunos.*

Reunindo coragem, o Sr. Brinkhoff tocou o sino.

Uma pequena porta se abriu no muro próximo aos portões, e um homem pouco mais alto que Osbert apareceu, andando com dificuldade por causa do enorme molho de chaves que pendia de seu cinto.

— Não sabe ler? — sibilou. — É só para alunos. Não queremos que qualquer idiota toque o sino. Isso acabaria com ele.

— Meu nome é Sr. Brinkhoff e este é o meu filho, Osbert.

— Estão esperando você — disse o Porteiro. — É melhor entrar.

— Obrigado — respondeu o Sr. Brinkhoff, tirando o chapéu.

— Você, não — sibilou o Porteiro. — O menino.

Ele destrancou os portões e chamou Osbert para dentro.

— Como você sabe. Osbert — começou o Sr. Brinkhoff —, tenho muito orgulho de tudo que você...

— Não temos tempo para isso — afirmou o Porteiro, impaciente. — Não temos o dia inteiro.

Osbert deu um passo à frente e o Porteiro empurrou o portão, fechando-o atrás do menino e girando a chave para trancá-lo.

O Sr. Brinkhoff sorriu, encorajador, atrás das barras.

— Boa sorte. Vou esperar aqui até você terminar o exame.

— Venha comigo — pediu o Porteiro, chamando Osbert com um indicador duro e artrítico.

O homem guiou o menino pelo pátio central, em torno do qual as paredes cinzentas de ardósia da escola surgiam, eretas, parecendo esconder o céu acima delas. As únicas janelas do

Instituto davam para o pátio. As que um dia haviam se voltado para a cidade tinham sido fechadas muito tempo antes para evitar que os estudantes se distraíssem com a vida fora da escola.

No centro do pátio ficava uma monumental estátua de alabastro do fundador do Instituto, o falecido Julius Offenbach, que cuidara da escola com punho de ferro até enfrentar um fim lento e doloroso: morrera cozido na água da própria banheira. Alguns afirmavam que havia sido um horrível acidente, mas muitos outros diziam que não fora acidente nenhum e que os gritos de dor de Offenbach haviam sido simplesmente ignorados pelas crianças do Instituto.

Osbert percebeu que era impossível ver o rosto da estátua, pois estava coberto com uma grossa camada de musgo verde. Um braço, que originalmente segurava uma bengala (que servia de aviso para os alunos que entravam no Instituto toda manhã), fora atingido por um raio anos antes e ficara caído no chão, quebrado em milhares de pedaços. Não havia grama no pátio, apenas ervas daninhas resistentes que escalavam as paredes de ardósia e pareciam sufocar a própria escola.

Muito acima deles e à esquerda do pátio, uma pequena janela observava a instituição. Osbert olhou para cima e pensou ter visto uma sombra se afastar do vidro.

— Olhe somente se mandarem você olhar — irritou-se o Porteiro, acelerando o passo repentinamente.

Após o pátio, uma grande porta verde surgiu diante dos dois. Foi por ela que o Porteiro mandou que Osbert entrasse.

— Por aqui.

O corredor era escuro e mofado.

— Não tenho o dia inteiro — disse o Porteiro.

No início, Osbert teve que usar as mãos para se guiar pela passagem escura, iluminada por lamparinas a gás. Por fim, lentamente, seus olhos começaram a se acostumar com a escuridão.

— Não enrole, menino — murmurou o Porteiro, acelerando o passo outra vez quando um grande relógio de pêndulo bateu uma hora e quinze minutos.

O Instituto parecia ainda maior que Osbert imaginara olhando de fora. Ele continuava a correr, esforçando-se para manter o ritmo de seu guia mal-humorado e murmurante.

Finalmente, no fim de um corredor especialmente escuro, os dois chegaram a uma porta.

— Entre — grunhiu o Porteiro.

Depois do confinamento dos corredores escuros, nada poderia ter preparado Osbert para as dimensões cavernosas do ginásio do Instituto. Cada passo que dava no piso de madeira encerado ecoava diretamente nas paredes forradas de carvalho.

— Por que não faz um pouco *mais* de barulho? — perguntou o Porteiro, sarcástico.

Na ponta do ginásio, ficava um palco com cortinas vermelhas e, sobre ele, um enorme relógio marcava os segundos que passavam. O ribombar profundo do mecanismo batia como se fosse o próprio coração do Instituto. Uma inscrição em latim havia sido pintada em letras góticas em torno do relógio:

SI HOC LEGERE SCIS NIMIUM

ERUDITIONIS HABES.

Osbert mal podia ver as palavras através das lentes de seus óculos. O Porteiro já sibilava e incitava o menino a continuar andando. Ele apontou para uma mesa e uma cadeira solitárias.

— Mas onde estão as outras crianças? — perguntou Osbert.

— São somente você e ela — afirmou o Porteiro, indicando o outro lado do ginásio com a cabeça. — São sempre dois de cada vez.

Sob uma enorme pintura a óleo de um dragão de três cabeças decapitando um estudante gordinho, chamada *O Conhecimento Devorando a Inocência*, havia outra mesa e outra cadeira que Osbert não notara. Sentada à mesa estava a menina mais bonita que ele já vira. Tinha a pele branca como porcelana e, mesmo ao longe, o menino podia ver que seus olhos grandes e redondos tinham um raro tom verde-esmeralda.

Osbert sorriu e o Porteiro o cutucou com o indicador.

— Sente-se.

Osbert sentou-se.

— Tem papel na mesa. Vire a folha da prova quando ouvir o velho sino, nem um segundo antes. Você vai ter exatamente uma hora.

— E o que vai acontecer depois? — perguntou Osbert.

— Depois virei buscar você, não é? — riu o Porteiro. — Se não tiver sido esmagado e morrido primeiro.

Ele apontou para o teto e o menino olhou. Imediatamente acima de sua mesa, saindo do gesso, estavam as duas pernas e uma asa da gárgula de pedra que caíra.

— Isso vai dar a você o que pensar, não vai? — O Porteiro sorriu enquanto atravessava o piso encerado, fazendo muito barulho, e desaparecia pela porta.

Osbert queria se virar na cadeira e olhar para a linda menina de olhos verdes, mas, em vez disso, ficou sentado, em silêncio, no vasto cômodo vazio, esperando que o sino tocasse. E, durante todo o tempo que esperou, sentiu que alguém o observava.

O ponteiro dos minutos do relógio do ginásio chegou a doze, e, das entranhas do prédio, Osbert ouviu o badalar de um antigo sino. O barulho pareceu ribombar pelos corredores labirínticos do Instituto antes de explodir pela porta do ginásio.

Osbert tentou parecer calmo enquanto virava a folha da prova.

Questão um. Osbert Brinkhoff, você realmente acredita que é um bom candidato a aluno do Instituto? Está preparado para ser humilhado, da mesma maneira que seu pai foi? Se a resposta for não, ponha sua caneta na mesa e deixe o ginásio imediatamente.

Osbert não podia acreditar no que estava lendo. Olhou para cima e teve certeza de ver as cortinas de veludo do palco balançarem. Lenta, cuidadosamente, Osbert desenroscou a tampa da caneta-tinteiro e começou a ler a questão dois: *Compreensão de Latim*.

Não havia dúvidas. Alguém estava *mesmo* observando o menino.

Capítulo Três

U M MÊS depois do exame de admissão de Osbert, teve início o novo período escolar. A família não havia recebido nenhuma resposta do Instituto, nenhuma carta nem telegrama que pudesse sugerir que a candidatura de Osbert fora aceita, nem uma missiva ridicularizadora que acabasse de uma vez por todas com as esperanças do menino. E era assim que acontecia. Somente no primeiro dia do novo ano escolar os resultados eram afixados nos muros do Instituto. Cada aspecto desse ritual havia sido criado para ser extremamente inconveniente e humilhante para os possíveis candidatos e suas famílias. Se a criança tivesse passado no exame, então a subida íngreme e o medo apavorante que havia sentido no caminho para o Instituto teriam valido a pena. No entanto, se a criança tivesse sido reprovada, ela encontraria seu nome riscado na lista por uma fina linha de tinta vermelha e não teria nada pelo que esperar, a não ser a longa jornada de volta até a cidade.

O relógio de Schwartzgarten ainda batia oito horas quando Osbert e o Sr. Brinkhoff correram pela rua Marechal Podovsky até o terminal. Os dois percorreram o caminho em silêncio. Somente quando desceram do trem ao pé da colina que levava ao Instituto, o Sr. Brinkhoff traiu sua emoção. Suas pálpebras começaram a tremelicar, como se sofressem espasmos, e suas mãos tremeram.

Os dois não andaram, mas correram até o topo da colina, onde uma multidão de pais e filhos já havia se reunido em frente aos portões de ferro. Era uma visão extremamente perturbadora. Osbert nunca vira homens adultos chorarem. Um deles estava agarrado às barras dos portões e teve que ser puxado pela mulher, que quase sufocava enquanto engolia as próprias lágrimas.

Com cuidado, pedindo desculpas, o Sr. Brinkhoff abriu caminho até a frente da multidão, segurando firme o filho pela mão. Olhando através das barras, Osbert viu a menina de olhos verdes, pálida como porcelana, parada, abandonada no pátio do outro lado dos portões. No meio da multidão, sua mãe gritava palavras de incentivo.

— Tenho certeza de que as histórias não são tão ruins quanto dizem, querida! Tenho certeza de que você será muito feliz!

— Não tenha *tanta* certeza — riu o Porteiro. Ele se virou e encarou Osbert pelas barras. — Brinkhoff, não é? Está do lado errado do portão.

— Quer dizer que ele passou no exame de admissão? — sussurrou o Sr. Brinkhoff, mal ousando acreditar que o filho havia conseguido.

— Muito bem — respondeu o Porteiro, sarcástico. — A inteligência deve ser de família.

O Sr. Brinkhoff forçou caminho até o quadro de avisos ao lado dos portões. Havia uma lista de candidatos: vinte nomes, dos quais dezoito tinham sido riscados com tinta vermelha. Apenas dois nomes não haviam sido eliminados.

— *Osbert Brinkhoff* — sussurrou ele, o estômago revirando com uma mistura enlouquecedora de orgulho e medo. Em seguida, dirigiu-se a Osbert: — O Instituto só vai aceitar dois novos alunos este ano.

O Porteiro pegou uma chave do molho preso à sua cintura e destrancou os portões.

— Para trás! — berrou, quando os pais mais desesperados da multidão tentaram empurrar os filhos amedrontados pelos portões. — Só ele. Só Osbert Brinkhoff. — Pegando Osbert pela lapela do casaco, arrastou-o pelo pátio.

— Vejo você hoje à noite! — gritou o Sr. Brinkhoff. — Boa sorte!

— Ele vai precisar — avisou o Porteiro, trancando os portões.

Deixando a multidão chorosa para trás, Osbert se virou para acenar para o pai.

— Nada de despedidas — disse o Porteiro. — Isso dá aos pais esperança quando não há nenhuma.

Osbert sorriu para a menina de olhos verdes.

— Meu nome é Osbert Brinkhoff.

A garota sorriu de volta.

— Eu sei — disse ela. — O meu é Isabella Myop.

— Parem de falar — ganiu o Porteiro. — Não sabem ler as placas?

— Não tem placa nenhuma aqui — informou Isabella.

— E isso é culpa minha, é? — sibilou o Porteiro.

Ele os deixou na porta do Instituto e sorriu de forma desagradável.

— Vocês têm que estar na aula às nove em ponto. Já sabem o caminho para o ginásio.

— Mas eu só estive aqui uma vez — protestou Isabella.

Ignorando a menina, o Porteiro deu as costas para ela e voltou correndo para os portões, sacudindo com raiva, para a multidão, o punho fechado.

Lentamente, Osbert empurrou a enorme porta da escola e, com Isabella ao seu lado, entrou nos corredores mofados do Instituto.

As duas crianças levaram muitos minutos para encontrar o caminho através dos velhos corredores escuros. Depois do que pareceu uma eternidade, viraram uma esquina de ares estranhamente familiares. Abrindo a porta no fim da passagem escura, por fim, chegaram ao ginásio. Osbert lançou um olhar para o relógio acima do palco, marcando sombriamente o tempo no grande salão vazio. Eram nove e cinco.

— Estamos atrasados — sussurrou Isabella, ansiosa.

— Estão realmente — respondeu uma voz desagradável.

Osbert e Isabella olharam para o palco, observando com medo crescente as cortinas vermelhas se abrirem. Ali, encarando-os, estava um homem alto, esquelético, vestido com uma longa casaca negra.

— O Diretor! — arquejou Isabella. — Tem que ser ele!

— Silêncio! — berrou o homem, a bengala batendo ritmicamente enquanto ele andava pelo palco e descia a escada até o salão.

−33−

Osbert e Isabella observaram, tremendo, o Diretor. Os poucos cabelos que ele tinha eram de um alaranjado encardido, presos em mechas sebosas às laterais da cabeça. O rosto parecia estranhamente liso para um homem de muita idade e era marcado apenas por uma velha cicatriz de esgrima, que corria da face direita até o queixo. Ele se aproximou de Osbert e Isabella, observando os dois com a mesma desconfiança. Um aroma inconfundível de xarope para tosse e mofo pairava em torno do homem. De perto, ele parecia ainda mais esquelético. Era como estar na presença de um cadáver ambulante.

— Os seus cabelos são compridos demais — cuspiu o Diretor, erguendo as tranças de Isabella com os magros dedos cinzentos.

Osbert pôde ver a amiga tremer de medo. Por um instante, achou que ela desmaiaria de pavor. Mas a menina não caiu.

— E você — continuou o Diretor, cutucando a barriga de Osbert com a ponta da bengala. — Acha que é mais inteligente do que o seu pai, não é? Bom, vamos ver.

Ele bateu com a bengala no piso de madeira encerado e um pequeno homem apareceu dos fundos do salão.

— Sr. Lomm — disse o Diretor, os olhos brilhando com uma alegria malévola. — Pode levar seus novos alunos agora.

O Sr. Lomm se aproximou. Apesar de ser um professor novo, já havia ganhado uma bela reputação pela violência. Algumas pessoas diziam que era possível ouvir os gritos de seus alunos a cem metros da porta da sala de aula. Osbert, é claro, não acreditava nessa história. Mas Isabella já não tinha tanta certeza.

—34—

O Sr. Lomm era redondo, tinha um rosto rosado e cheirava a óleo de amêndoas, que usava para fixar os cabelos negros, repartidos ao lado. Os olhos castanhos atentos eram emoldurados por óculos de aro de casco de tartaruga. Não fosse a reputação pavorosa do homem, seu rosto até poderia ser descrito como agradável.

— Sigam-me — ordenou o Sr. Lomm. — Vocês já estão atrasados.

O rosto do Diretor se contorceu num sorriso quando o Sr. Lomm guiou Osbert e Isabella para fora do ginásio.

Os três andaram em silêncio pelos corredores escuros até a sala de aula. Osbert queria estender a mão para pegar a de Isabella, tanto para acalmar os próprios medos quanto para confortar a nova amiga. Mas sabia que isso não seria permitido.

Uma voz uivou na escuridão diante deles, seguida de um grito agudo. Uma menininha surgiu no corredor numa nuvem de vapores sulfurosos, como um cuco saindo de um relógio. Ela parou repentinamente, o movimento impedido por uma longa trança de cabelos louros que foi puxada para dentro da sala.

— Bom dia, Lomm — disse uma voz feminina, grave e baixa como a de um hipopótamo.

— Bom dia, Dra. Zilbergeld — respondeu o Sr. Lomm. — Punindo seus alunos já bem cedo, pelo que vejo. Muito bem, muito bem.

A menina de cabelos louros soltou outro grito quando a Dra. Zilbergeld a puxou de volta para a sala de Química pela longa trança, e a porta bateu, fechando-se.

— Por aqui — pediu o Sr. Lomm enquanto continuavam andando pelo corredor e dobravam uma esquina. — A Ala Oeste.

Um barulho perturbador pareceu coalhar o ar. Era o som inconfundível de crianças berrando. Isabella ficou paralisada.

— Pare de enrolar — irritou-se o Sr. Lomm, antes de chegar à porta do fim do corredor e bater três vezes.

— Quem é? — perguntou uma voz estudantil de dentro da sala.

— Lomm — sussurrou o professor. — Abram agora.

Uma tranca foi aberta e a porta rangeu, afastando-se apenas alguns centímetros.

— Entrem, rápido — latiu o Sr. Lomm.

O espaço aberto entre a porta e o batente era estreito; por isso, Osbert e Isabella tiveram que se espremer para entrar na sala.

Depois de garantir que estava tudo certo, o Sr. Lomm seguiu os novos alunos e trancou a porta.

Osbert observou o cômodo. Os gritos estavam ainda mais altos, mas, estranhamente, era impossível dizer de onde vinha o barulho. Um pequeno grupo de crianças havia se reunido, mas todas estavam sorrindo. Osbert temeu que tivessem enlouquecido por causa dos atos lendários de crueldade do Sr. Lomm. Enquanto andava até a frente da sala, o professor acenou para que Osbert e Isabella o acompanhassem. Os dois obedeceram, relutantes. A cada passo, o som dos gritos aumentava, quase ensurdecendo os dois. Então, o Sr. Lomm andou até a lateral da sala, revelando a fonte do ruído repugnante. Ali, na mesa, havia um gramofone com uma enorme concha de bronze e um disco que girava rapidamente no prato.

— Um pequeno estratagema para enganar o Diretor — explicou o Sr. Lomm com um sorriso.

Sua voz não estava mais áspera. Não havia vestígios de maldade em seus olhos.

— Bem-vindos à minha aula — continuou. O professor deu corda no gramofone, ergueu a agulha e posicionou-a de novo no início do disco, para que os gritos continuassem como antes. Rapidamente, levou os novos alunos para um canto da sala, o mais longe possível do gramofone. — Gostaria de apresentar Isabella Myop e Osbert Brinkhoff.

Osbert e Isabella sorriram, nervosos.

— E, Osbert e Isabella, quero apresentar a vocês seus novos colegas de turma: Ludwig e Louis, Friedrich e Milo, e a Pequena Olena. Acho que precisamos de um cumprimento latino.

— *Ave!* — gritaram todos, e o Sr. Lomm assentiu com a cabeça, aprovando a iniciativa.

Tratava-se de uma turma pequena, mas, como o Diretor tinha certeza de que o Sr. Lomm era um monstro sádico, as crianças mais inteligentes ficavam sob os seus cuidados, na esperança de que ele abatesse seus ânimos. Na verdade, o Sr. Lomm era um homem bom e paciente, que havia conquistado o cargo no Instituto ao se esconder atrás de uma máscara de malevolência. Somente seus alunos sabiam a verdade. O Sr. Lomm contava histórias como nenhum outro professor e fazia o papel de cada personagem, subindo na cadeira e pulando de mesa em mesa enquanto narrava contos sombrios sobre o longo passado sangrento de Schwartzgarten. Ele exigia que seus alunos escrevessem a lápis e nunca usassem os tinteiros, que, depois, enchia de leite ou licor de menta, enquanto distribuía chocolate pela sala.

Além do Diretor, o Sr. Lomm era o único professor que morava no Instituto, devido basicamente à sua pobreza. Ele vivia num quarto no porão da instituição, muito abaixo das salas de aula. Era um lugar horrível. A umidade penetrava pelo gesso e escorria pelas paredes em riachos cinzentos. O ar era uma camada espessa de esporos de fungos. A única luz que entrava no quarto vinha de uma pequena janela no alto da parede. Mas o Sr. Lomm era um homem de iniciativa e havia tentado aliviar a tristeza do local prendendo uma foto colorida do lago Brammerhaus atrás da porta, para que pudesse se sentar na cama velha e fingir que estava olhando por uma janela. Entretanto, à noite, a ilusão da vista para o lago desaparecia. O quarto era apenas uma cela fria, onde raramente penetrava o luar. Baratas rastejavam pelo piso e ratos carcomiam os móveis, deixando fezes nos sapatos do Sr. Lomm, que as jogava fora toda manhã.

Era um local inóspito para morar, e o Sr. Lomm quase nunca estava bem de saúde. A umidade do quarto contribuía para a sua bronquite, e o seu nariz costumava deitar pérolas brilhantes de muco, que ele limpava com um grande lenço.

Lomm fazia de tudo para proteger os estudantes, mas não podia modificar a rotina. Ao meio-dia, seus alunos se juntavam aos outros pupilos do Instituto para almoçar no ginásio e ficavam sem a proteção do amado tutor.

Osbert e Isabella aguardavam na fila enquanto a governanta vertia conchas cheias de um cinzento ensopado de peixe borbulhante nas tigelas dos alunos. Osbert analisou a cena ao seu redor. Havia pouco mais de cem alunos na escola, e parecia que, quanto mais velhos ficavam, mais acabavam se parecendo com seus professores. Seus rostos adquiriam um tom de cinza, o brilho de seus olhos se extinguia.

Os tutores sentavam-se a uma mesa no palco, longe do cheiro nauseante do ensopado de peixe. O Diretor estava sentado na ponta da mesa, tomando de maneira barulhenta uma tigela de sopa de beterraba. Ao lado dele, a Dra. Zilbergeld demolia gananciosamente uma enorme pilha de folheados de creme de caramelo. Depois da doutora, estava Anatole Strauss, admirando o próprio reflexo nas costas de uma colher, e, ao lado dele, o professor Ingelbrod mastigava biscoitos cream-cracker secos. Por fim, sentava-se a figura triste e encurvada do Sr. Lomm. Ele não conseguia comer nem uma colherada, não enquanto seus alunos sofriam com as tigelas de ensopado de peixe cinzento.

— Não estou com fome — explicou o Sr. Lomm ao Diretor. — A visão revoltante de crianças comendo embrulha o meu estômago.

O Diretor concordou com a cabeça.

O salão estava estranho, mortalmente silencioso. Osbert sentou-se e encarou, triste, a própria tigela de ensopado. Uma cabeça de peixe boiou na superfície, olhando para o menino com olhos leitosos. Onde quer que ele fosse no Instituto, estaria sendo observado.

— Tem alguma coisa estranha com o olho dele — murmurou Isabella.

Osbert encarou a amiga, sem entender.

— Não o da cabeça de peixe — explicou ela. — O daquele cara.

Um pequeno professor patrulhava o ginásio, batendo em qualquer estudante que fosse corajoso ou burro o bastante para erguer a voz além de um sussurro.

— É o Sr. Rudulfus — sussurrou Friedrich. — O Diretor Adjunto. Ele ficou cego por causa de um eclipse solar. Só pode ver com o olho esquerdo.

Além de acumular os cargos de Diretor Adjunto e Chefe da Admissão, o Sr. Rudulfus também era chefe do Departamento de Cosmologia e Ciências Biológicas do Instituto. Tinha a capacidade desagradável de fazer o universo parecer vasto, frio e vazio. O teto de sua sala de aula era pintado de azul-escuro, com um mapa celeste detalhado que indicava o movimento dos planetas. Curiosamente, o Sr. Rudulfus havia pedido que o sol fosse desenhado transcorrendo uma órbita em torno da Terra. Ele não conseguia aceitar que o planeta não estivesse no centro do universo.

— Algumas pessoas dizem que podemos ver através da íris do olho direito dele e dentro de sua alma negra — murmurou a Pequena Olena. — Mas, provavelmente, só estão inventando.

— Provavelmente não estão — afirmou Isabella, sombria.

Uma menina alta sentou-se ao lado dela. O rosto da garota quase se dividia em dois por causa de um sorriso largo, que pareceu peculiar e despropositado entre os demais rostos amargos. Não havia comida na bandeja da menina, apenas um copo-d'água e um canudo.

— Oi — sussurrou Isabella. — Meu nome é Isabella Myop.

A menina virou-se para Isabella, mas não pronunciou palavra alguma. Apesar de ainda estar sorrindo, lágrimas escorreram de seus olhos.

— Ela não pode responder — explicou a Pequena Olena.

— É o Sorriso Forçado Rudulfus — continuou Friedrich. — O Sr. Rudulfus colou a boca dessa menina. Ele faz isso quando os alunos conversam em sala de aula. Ele chama de Cola do Sorriso Forçado.

— O nome dela é Isidora — disse a Pequena Olena.

A menina alta fez que sim com a cabeça e tentou beber água com o canudo, que conseguiu prender no cantinho da boca, onde a cola estava mais fraca.

— Sinto muito — expressou Isabella. — Ele deve ser um professor muito cruel.

— "Sinto muito" — repetiu uma voz, imitando a menina perfeitamente. — Ele deve ser um professor muito cruel.

Isabella virou-se na mesma hora. Atrás dela, estava o Sr. Rudulfus, mais baixo que a própria menina.

— Parem de falar — sibilou. — A não ser que queiram acabar como a coitadinha da Isidora. — Ele abriu um sorriso maldoso e imitou a voz da menina, parado ao lado dela, como um ventríloquo. — "Por favor, não cole a minha boca, Sr. Rudulfus. Prometo que não vou falar mais nada." — Então, riu e se afastou.

Isabella baixou a cabeça e tomou silenciosamente uma colherada do asqueroso ensopado de peixe.

——•——

Mesmo à noite, quando as aulas acabavam e os alunos voltavam para suas famílias, eles não podiam escapar inteiramente de seus professores. Muitos cidadãos de Schwartzgarten moravam em casas e apartamentos que pertenciam ao Instituto, e Anatole Strauss, o professor de Matemática, recebia os aluguéis.

Além disso, o Diretor exigia ser conduzido em sua limusine toda noite pelas ruas de Schwartzgarten, para garantir que seus alunos estavam bem trancados em suas casas. Ninguém nunca discutia a crueldade dos professores do Instituto; era mais seguro assim. Apesar disso, todos conheciam as histórias da escola. Até o prefeito de Schwartzgarten só podia governar a cidade com a bênção do Instituto. Ninguém tinha mais poder que o Diretor.

O Sr. e a Sra. Brinkhoff e Babá esperavam ansiosamente pela volta de Osbert.

— Como foi o seu primeiro dia? — perguntou a Sra. Brinkhoff, aflita.

— Muito interessante — respondeu Osbert, que não queria assustar a mãe.

— O que foi que eu disse? — sorriu o Sr. Brinkhoff, pegando na mão da esposa. — Eu avisei que você não devia acreditar naquelas histórias horríveis.

Osbert lançou um sorriso para Babá quando ela lhe serviu uma xícara de chocolate quente. Mas a mulher não foi enganada. Ela podia ver o coração do menino e percebeu que não estava tudo bem.

O Sr. Lomm sempre pensava o melhor de seus alunos, mas, logo no primeiro dia, pôde ver que Osbert e Isabella tinham um talento único e incrível. Ambos possuíam bom ouvido para música; por isso, foram inscritos pelo tutor na Academia de Música do temível professor Ingelbrod (que também dava aulas no Instituto) para aprender violino.

Todo ano, os alunos mais talentosos da Academia tinham a oportunidade de fazer uma prova para ter a honra de usar o Violino de Constantin. O instrumento havia sido um presente do primeiro prefeito de Schwartzgarten para o Instituto setenta anos antes. Ele fora criado pelo grande fabricante de violinos Constantin Esterburg, que também servira como músico da corte do Bom Príncipe Eugene, que governara Schwartzgarten muitas décadas antes. A ideia é que qualquer estudante que tivesse a sorte de tirar mais de nove no exame escrito ficaria com o violino de Constantin por um ano inteiro. Nenhum candidato havia obtido a honra em mais de sessenta anos, e ninguém ficava mais feliz com isso do que o Diretor.

Uma tarde, depois que dispensou os alunos, o Sr. Lomm convidou Osbert e Isabella para tomar chocolate quente em seu

quarto, no porão. Enquanto guiava-os pelo pátio, ficou repentinamente paralisado por uma voz direta, vinda de cima:

— O que está fazendo, Lomm? — berrou o Diretor, inclinan-
do-se para fora da janela na grande torre acima do Instituto.

— É um castigo — latiu o Sr. Lomm.

— Ótimo — respondeu o Diretor, encarando Osbert. —
Continue.

Ele fechou a janela, e Osbert e Isabella seguiram o Sr. Lomm
enquanto ele descia a estreita escada de pedra até seu quarto no
porão.

Osbert sempre ficava impressionado com a velocidade com
que o Sr. Lomm podia se transformar de um professor bom e com-
preensivo no protegido torpe e vingativo do Diretor. Lomm abriu
a porta do quarto e fez com que Osbert e Isabella entrassem.

Enquanto uma panela de chocolate quente esquentava no
fogão, o Sr. Lomm abriu um armário na parede, batendo as mãos
quando uma nuvem de mariposas cinzentas voou de dentro
dele. O professor suspirou e retirou uma caixa azul amassada do
armário.

— Eu queria mostrar isto a vocês — explicou, destrancando
a caixa e retirando dela um violino elegante, mas muito velho.
— Não é bem o Violino de Constantin, mas foi o primeiro instrumento que toquei.

Ele apoiou o violino sob o queixo. Passando o arco pelas cordas,
tocou uma única nota. Foi uma nota linda, que pareceu tomar o
cômodo. O Sr. Lomm sorriu, tirou dois livros antigos e idênticos
de uma prateleira e os entregou a Osbert e Isabella.

O menino folheou as páginas empoeiradas do volume encadernado em couro: *A Virtude do Violino*, de Constantin Esterburg.

— Daqui a seis semanas — continuou o Sr. Lomm — o Instituto vai realizar a prova para o uso do Violino de Constantin. É um instrumento com uma história trágica. Na mesma noite em que Constantin Esterburg terminou de compor sua primeira ópera, ele foi jogado de sua carruagem nas águas agitadas do rio Schwartz. Infelizmente, o pobre homem poderia ter sido salvo, se não tivesse tentado resgatar seu precioso violino. O corpo dele foi descoberto três semanas depois, milagrosamente ainda vestido com as roupas da corte e a peruca. Os olhos haviam sido arrancados por garças e as pernas, comidas até os joelhos por trutas azuis. Mas, nas mãos cinzentas e enrugadas, Constantin ainda mantinha o violino agarrado ao peito.

Osbert e Isabella quase pararam de respirar enquanto ouviam o Sr. Lomm contar a história:

— Como vocês sabem, o violino não é entregue a um estudante desde tempos imemoriais. Acho que vocês dois têm a capacidade de mudar isso.

O coração de Osbert bateu com força contra o peito. Seria possível? Será que um dia ele seguraria sob seu queixo um violino tirado das mãos esqueléticas do grande Constantin Esterburg? Ele tinha certeza de que seu coração iria explodir de ansiedade.

Capítulo Quatro

Quando as aulas acabavam, o professor Ingelbrod guiava os alunos para fora do Instituto e descia a colina até a sua Academia de Música.

Havia algo de peculiar na maneira como o professor andava, quase como se fosse um boneco de lata, como os brinquedos de corda com que Osbert brincava quando pequeno. O professor Ingelbrod tinha a coluna encurvada, causada, em parte, por uma vida dedicada a se abaixar para bater nos alunos. Para corrigir a distorção, ele se prendia com um rígido corselete de couro, que segurava suas costas, mas impedia qualquer movimento do peito à cintura. Aquilo contribuía para seu temperamento venenoso e para suas explosões de violência.

A Academia ficava numa rua calma, onde os gritos dos alunos não podiam ser ouvidos. Era um prédio alto e retangular, que se erguia como uma lápide para os céus cinzentos que cobriam a cidade de Schwartzgarten.

Todo dia, entre cinco e sete horas, os estudantes praticavam violino sob o olhar de águia do professor Ingelbrod.

Quando jovem, ele estudara num conservatório na cidade de Lüchmünster e sonhara em se tornar o primeiro violinista da famosa orquestra da cidade. No entanto, seu talento não chegava aos pés de seus sonhos. Quando passava o arco pelas cordas, de tripa de gato, parecia que o felino infeliz tinha voltado à vida e começado a miar e gritar.

Era uma noite fria na Academia. Os dedos de Osbert tremiam na sala de música gelada enquanto ele prendia o apoio de ombro na parte inferior do violino. O pai dera o instrumento a ele, um violino que o próprio Sr. Brinkhoff usara quando menino.

— Não se incline, Coluna Mole! — latia o professor Ingelbrod. — Vai se dar mal se fizer isso.

Não se tratava de uma ameaça qualquer. Ingelbrod era um professor cruel e sádico. Mantinha dois pesados coletes de ferro num canto da sala para ensinar os estudantes "coluna mole" a manterem as costas retas enquanto tocavam. Ele prendia as braçadeiras nas mãos e pernas das crianças, mantendo-as na posição certa. Dos braços da geringonça antiquada saía uma longa barra de ferro, presa a outra braçadeira de metal. Essa era a mais desconfortável de todas, usada para imobilizar o pescoço e a cabeça dos alunos. Friedrich havia passado inúmeras longas horas num canto da sala — os braços, as pernas e a cabeça presos ao colete de ferro dolorosamente desconfortável. Bertold, um dos alunos mais velhos do Instituto, desenvolvera uma corcunda por causa do tempo passado com o aparelho.

— Agora *toque*, menino — exigiu o professor Ingelbrod.

Osbert lembrava-se de tudo que havia lido no livro do Sr. Lomm. Ele manteve as costas bem retas, estufou o peito para a frente, pôs os ombros para trás e pousou o violino sobre o ombro esquerdo. O arco ficou cuidadosamente equilibrado entre o polegar e os outros dedos de Osbert enquanto ele o passava com suavidade sobre as cordas.

— Já chega, já chega! — rosnou o professor Ingelbrod, erguendo-se à mesa, o arco do violino na mão. Ele tapava os ouvidos como se estivesse sentindo uma dor excruciante. — Prefiro ouvir um cachorro morrendo na sarjeta.

O som que Osbert tirara do violino era exemplar, mas admitir aquilo à criança, com certeza, teria sido visto como sinal de fraqueza.

— E o próximo? Quem será o *próximo* a tocar?

Ingelbrod andou lentamente pela sala de música, observando os alunos com um olhar gélido. Decorrido algum tempo, seus olhos pararam em Isabella, que estava sentada, tremendo, no fundo da sala.

— Você — sussurrou o professor, batendo duas vezes no ombro da menina com o arco do violino.

Isabella suspirou sem emitir som e se ergueu, levando o violino consigo para a parte da frente da sala.

— E então? — grunhiu o professor. — O que está esperando?

Isabella começou a tocar. Era uma composição lúgubre, escrita pelo próprio professor Ingelbrod e intitulada "A Morte nos Persegue pelas Sombras".

Usando toda sua força, o professor bateu com o arco na mesa.

— Chega! — gritou, andando com passos pesados até Isabella, que se encolheu de medo.

Ingelbrod atacou a menina. Todas as juntas de seu corpo estalaram, como se seus ossos estivessem se quebrando sob a pele. Ele a agarrou pelo braço e a arrastou até um canto da sala.

— O colete de ferro — sibilou, soltando os parafusos de metal e liberando Friedrich, que estava tão exausto que quase caiu no chão quando foi solto. — Venha até aqui — pediu o professor, sorrindo e atraindo Isabella para o abraço de ferro de seu instrumento de tortura. — Só assim você terá uma chance de ser uma boa musicista.

No entanto, mais uma vez, o professor Ingelbrod não dizia a verdade. Isabella era uma das violinistas mais talentosas que ele já ouvira. Seu próprio talento era ridículo comparado ao dela. Quanto mais o professor tentava, mais discordante e grotesco o som saía. Por isso, enquanto prendia os braços e o pescoço de Isabella ao colete de metal, Ingelbrod obteve satisfação no horror que surgiu nos olhos da pobre menina.

———•———

O destino pareceu sorrir para Osbert quando a família Myop, composta por padeiros, comprou a loja de doces deserta em frente ao apartamento dos Brinkhoff. Era um lugar agradável para passar o tempo. As batidas do coração de Osbert paravam quando ele sentava-se com Isabella, observando a menina tomar goles de uma enorme xícara de chocolate quente e apimentado e limpar o bigode de creme de leite do lábio superior. Osbert adorava o cheiro de pães frescos. Amava ajudar a Sra. Myop a suprir a vitrine com bolos de mel e pretzels. Ficava horas e horas de pé, observando o Sr. Myop preparar negras tranças de pão de centeio.

Em uma manhã fria, Osbert entrou na doceria e olhou por sobre o balcão. A Sra. Myop, que sonhara em cantar na Ópera de Schwartzgarten, trinava de forma ensurdecedora enquanto empilhava folheados numa bandeja, a voz de soprano cortando o ar como lâminas de facas.

— Bom dia, Sra. Myop — disse Osbert. — Vim buscar Isabella.

A Sra. Myop parou de cantar no meio da ária.

— Osbert Brinkhoff! — exclamou a mulher, encantada, antes de gritar para o andar de cima: — Isabella, meu anjinho! Osbert Brinkhoff veio levar você para a escola!

A voz da Sra. Myop soou tão alta que as bandejas de folheados no balcão e a vitrine da doceria pareceram tremer.

Osbert andou com Isabella até o ponto do bonde e os dois seguiram juntos para o Instituto, cheios de doces nas mãos para se fortalecer no caminho.

— Você acha que o Diretor é um homem *muito* velho? — perguntou Isabella, tirando migalhas do casaco.

— Já não era jovem nem quando meu pai era criança — respondeu Osbert.

— Algumas pessoas ficam velhas demais — continuou Isabella, absorta. — É muito importante saber *quando* morrer.

Osbert encarou a amiga e os dois continuaram a andar em silêncio.

O Sr. Lomm havia sido muito afetado pelo frio daquela manhã. Tinha a garganta bem protegida por um cachecol de lã e enxugava constantemente o nariz com o lenço cinza. O professor, porém, nunca desanimava: seus olhos cintilavam com o inconfundível brilho da esperança. Ele deu corda no gramofone e virou a concha de bronze para a porta. Os gritos das crianças continuaram.

— Às vezes, podemos ouvir uma música pela primeira vez — afirmou enquanto os alunos se deliciavam com nougat e licor de menta — e saber exatamente como uma passagem vai terminar. Se as notas vão subir ou descer. Assim como na Matemática, existem resultados musicais inevitáveis.

Osbert sorriu. Em sua cabeça, havia apenas um resultado inevitável na vida: Isabella ficaria a seu lado para sempre.

Do lado de fora da sala de aula do Sr. Lomm, o Porteiro esperava nas sombras, a orelha pressionada com força contra a porta. Havia algo errado. Os gritos dos alunos do Sr. Lomm pareciam mais altos que nunca e ele estava determinado a descobrir por quê.

Toda tarde, o Sr. Lomm levava o gramofone para a porta da sala de aula, onde o constante som do disco com os gritos infantis abafava a linda música do violino de seus protegidos, Osbert e Isabella.

O livro do Sr. Lomm recomendava, pelo menos, 15 minutos diários de prática em casa, mas Osbert sempre tocava mais tempo, olhando para o outro lado da rua, para o apartamento da Sra. Myop. E toda noite Isabella aparecia na janela e mandava um único beijo para Osbert, antes de fechar as venezianas para dormir.

— Isabella — sussurrava o menino. — Minha linda Isabella.

Três semanas antes da prova para uso do Violino de Constantin, o instrumento foi retirado do cofre do Banco Muller, Baum e Spink e colocado em exposição numa cristaleira no ginásio do Instituto, pousado sobre uma almofada de veludo. O braço do violino havia sido esculpido num bloco de madeira de bordo e acabava com um lindo rococó ornamental. As costas do violino eram feitas de bordo rajado e a frente, de abeto, vindo da grande floresta que ficava nos arredores de Schwartzgarten, tudo decorado com uma faixa de pereira ebanizada. O material era claro como uma chama alaranjada contra a madeira âmbar. Foi colocada também uma pintura sobre a cristaleira em que o instrumento repousava: um retrato de Constantin, de peruca, segurando o violino em seus longos dedos elegantes. Os alunos do Instituto se reuniram em torno da cristaleira.

— Dizem que um dos olhos de Constantin foi descoberto dentro do violino — comentou Louis.

— Ouvi dizer que um dos ossos da perna dele foi transformado no arco — afirmou Ludwig.

As histórias eram macabras e abundantes, mas ainda assim aquele era o instrumento mais lindo que Osbert já vira. Todo dia, ele ia até o ginásio e ficava olhando para a cristaleira com o incomparável violino.

Apesar de todos os alunos do Sr. Lomm serem excepcionais, ele decidiu que somente Osbert e Isabella deveriam ser recomendados para fazer a prova para uso do Violino de Constantin. Tinha certeza de que não desanimariam com o rigor cruel e impiedoso do processo.

Anualmente, os professores do Instituto reuniam questões para a prova escrita. Eram tão diabolicamente difíceis que os candidatos tinham muito pouca chance de responder ao menos uma pergunta da maneira correta.

Toda noite, Osbert levava para casa pilhas de livros e os estudava por horas a fio à luz da luminária da escrivaninha do pai.

— Ele emagreceu — sussurrou Babá enquanto o Sr. Brinkhoff tirava o filho da cadeira do escritório e o carregava para a cama.

— *Amo, amas, amat* — murmurou Osbert, recitando os verbos latinos em seus sonhos. — *Amamus, amatis, amant...*

— Estudar tanto assim não é bom para uma criança — continuou Babá, seguindo o Sr. Brinkhoff pela escada. — Não é natural. E ele não toma ar fresco. Os olhos dele vão secar por causa de tanta leitura e vão acabar caindo da cara. O que ele vai fazer então? É isso que eu pergunto ao senhor.

— Um trabalho que vale a pena começar vale a pena terminar — respondeu a Sra. Brinkhoff. No entanto, ela também estava preocupada.

Osbert sempre fora um menino sério, mas, nas semanas próximas à prova, tornara-se ainda mais silencioso, a pele ficara mais pálida, a expressão, mais sombria. Ela desejou amargamente que Osbert tivesse nascido um menino lento e burro e que nunca tivesse sido aceito no Instituto. Afinal, muitas pessoas lentas e burras trabalhavam em bancos, e a Sra. Brinkhoff ainda mantinha seu sonho furtivo do Banco Brinkhoff e Brinkhoff.

O dia da prova chegou. Era uma manhã fria, cinzenta, quase indistinguível da noite. Osbert tirou uma lanterna do bolso enquanto andava com Isabella até a estação do bonde.

— Qual é o teorema de Pitágoras? — perguntou a menina, quando o bonde emergiu de uma nuvem de névoa.

— O quadrado da hipotenusa é igual à soma dos quadrados dos catetos — respondeu o garoto.

— Isso — disse Isabella, subindo no bonde com o amigo enquanto o sino soava e o veículo se sacudia todo pela margem sul do rio Schwartz, abrindo a névoa onipresente com um corte seco. Havia algo de sobrenatural no tempo, como se o Diretor fosse capaz de fazer a manhã se tornar ainda mais desagradável do que ela precisava ser.

Osbert e Isabella tiraram livros de suas mochilas e começaram a ler, extraindo a última gota de conhecimento que os volumes tinham para dar.

— O que é pi? — perguntou Osbert enquanto passavam pelos portões do Instituto e cruzavam o pátio juntos.

— Pi é o apito do bonde — respondeu Isabella, sorrindo. Osbert sorriu de volta.

Os dois entraram no enorme prédio cinzento e correram pelos corredores, passando pelo relógio do saguão e pelas luminárias sibilantes. Osbert ainda se lembrava de como havia sido difícil encontrar o caminho naquele labirinto no primeiro dia. Agora estava convencido de que podia chegar ao ginásio de olhos fechados.

Os dois abriram a porta para o salão amplo, cheio de ecos. Os alunos mais velhos do Instituto, selecionados por seus respectivos professores com a absoluta certeza de que se sairiam pessimamente na prova, já estavam sentados em suas cadeiras, imóveis e mais cinzentos que nunca.

— Vocês estão atrasados — grunhiu o Sr. Lomm, parado em frente ao palco, segurando as provas com firmeza. Suas palavras foram duras, mas seus olhos ainda brilhavam. Ele não ousou sorrir.

As cortinas no palco se moveram. Como sempre, todos estavam sendo observados.

O Sr. Lomm distribuiu as provas enquanto Osbert e Isabella se sentavam.

— Vocês têm três horas — afirmou. — Nem um segundo a mais. — Então, sussurrando para que não pudesse ser ouvido, ele acrescentou: — Eu *sei* que vocês vão conseguir. — Olhou para o relógio na parede. — Podem começar.

Osbert e Isabella pegaram suas canetas e, lenta, metodicamente, começaram a fazer a prova.

O cargo de professor no Instituto implicava muitos privilégios, e não apenas na oportunidade de maltratar crianças. Todo tutor podia ser membro do famoso Clube Offenbach. Para o Sr. Lomm, era uma honra odiosa, que ele achava especialmente desagradável. Infelizmente, a participação no clube era obrigatória.

A sociedade secreta havia sido criada pelo falecido Julius Offenbach apenas um mês antes de seu fim derradeiro na banheira fervente. O clube se encontrava toda segunda terça-feira do mês numa sala particular, no segundo andar da Old Chop House, no coração de Schwartzgarten. O Sr. Lomm odiava ir às reuniões mensais. A Old Chop House era um lugar horrível. Até mesmo seu quarto mofado no porão do Instituto parecia alegre comparado a ela.

Depois de abrir caminho pelo bar lotado, que fedia a cerveja de centeio e fumaça de charuto, o Sr. Lomm subiu a escada até a sala de jantar do Clube Offenbach. Um sorriso passou por seus lábios — algo melhorava seu humor. Tinha as provas do concurso nas mãos.

O professor bateu uma vez na porta e entrou na sala de jantar. As paredes eram cobertas com painéis de carvalho escuro, e o pé-direito baixo fazia o cômodo parecer ainda mais sombrio e claustrofóbico. A mesa comprida, que dominava o local, estava posta para o jantar. Os outros professores do Instituto já haviam tomado seus lugares. Uma música especialmente soturna saía pela enorme concha de bronze do gramofone colocado num canto da sala. O Porteiro estava ao lado do aparelho para dar corda nele sempre que necessário.

— Você está atrasado — disse o Diretor, enquanto o Sr. Lomm se sentava.

— Peço desculpas — sussurrou o Sr. Lomm. — Fiquei conferindo o resultado dos exames. Levei mais tempo do que imaginava.

O garçom servia medalhões de vitela ao molho madeira. Era um homem idoso, de ombros curvados. Era também surdo e mudo — escolhido deliberadamente para nunca relatar nada sobre as reuniões secretas do Clube Offenbach.

— Bom — perguntou o Diretor, mastigando ruidosamente um bocado de vitela. — Como foram as notas?

O Sr. Lomm teve dificuldade de manter a compostura. Queria subir na cadeira e gritar o resultado da prova em altos brados.

— Estamos esperando — rosnou o Diretor.

O garçom tacou uma fatia de vitela no prato do Sr. Lomm, manchando a camisa impecavelmente engomada do professor com o molho vermelho-escuro.

O Sr. Lomm hesitou:

— A garota, Myop, tirou 9,2...

O Sr. Rudulfus engoliu em seco.

— E o menino, Brinkhoff?

O Sr. Lomm achava cada vez mais difícil conter sua alegria.

— Foi uma tragédia, não foi? — latiu a Dra. Zilbergeld.

— Não exatamente — respondeu Lomm.

— E então? — insistiu o Diretor.

Os professores esperavam, ansiosos.

— Osbert Brinkhoff tirou a nota máxima.

— O quê? — rugiu o Diretor.

— A nota máxima — repetiu o Sr. Lomm.

— Eu ouvi o que você disse — cuspiu o Diretor, manchando a toalha de mesa branca com uma névoa fina de molho madeira.

— Como isso pode ter acontecido? — indagou Anatole Strauss.

— Talvez aquele vermezinho tenha colado — sugeriu a Dra. Zilbergeld, a voz abrindo um buraco na cabeça já dolorida do Sr. Lomm.

— É impossível — respondeu ele. — As provas ficaram trancadas no gabinete do Diretor.

— O que vamos *fazer*? — perguntou o Sr. Rudulfus. O pouco de cor que tinha no rosto se esvaíra, deixando-o acinzentado.

— Não podemos fazer nada — explicou o Sr. Lomm com cuidado. Seu coração batia acelerado na boca. Osbert havia derrotado o Instituto. O instrumento era dele. — Acho que temos que dar o Violino de Constantin para esse pestinha do Brinkhoff.

— Não vamos fazer nada disso, Lomm — afirmou o Diretor, dobrando o guardanapo e limpando os vestígios de molho do canto da boca.

— Como assim? — coaxou o Sr. Lomm. Seu coração batia tão rápido que ele tinha certeza de que abriria um furo em seu peito, atravessaria o terno e pararia na toalha de mesa branca.

— Temos que acabar com Osbert Brinkhoff — continuou o Diretor. — Dar o violino ao menino seria admitir a derrota. Por isso, o instrumento deve se mantido trancado na cristaleira.

Uma onda de murmúrios de assentimento soou em torno da mesa.

— Então, o problema está resolvido. É a opinião de todos nós.

O Sr. Lomm tossiu, ansioso. Ele não podia participar de uma tramoia tão desprezível.

— Não é a opinião de *todos nós* — gaguejou.

O Diretor prendeu a respiração e esticou o longo pescoço para a frente, para observar Lomm de perto.

— O senhor não acha que podemos estar *errados* ao fazermos isso? — sussurrou o Sr. Lomm.

— Errados? — O tom de voz do Diretor foi tão grave e sombrio que a mesa pareceu vibrar e os vidros, estremecerem.

— Mas é claro — afirmou o Sr. Rudulfus, certo de que o Diretor explodiria num ataque vulcânico de raiva — que o senhor entende melhor do que ninguém a necessidade de dominar uma inteligência tão insolente. O senhor, que já destruiu a alegria de tantos estudantes com a sua crueldade...

— Não estou entendendo — grunhiu o Diretor. — Por que está tentando defender o menino?

— Acho que posso explicar isso, senhor — disse uma voz.

O Porteiro, que aguardava nas sombras o momento propício para falar, ergueu-se da cadeira, aproximando-se da mesa. Nas mãos, segurava um disco de vinil.

— E então? — perguntou o Diretor, impaciente. — Fale.

— Acho que isto vai falar por mim — respondeu o Porteiro, colocando o disco no gramofone do canto da sala e dando corda no aparelho.

Ele posicionou a agulha no disco, que sibilou e estalou. De repente, um grito ensurdecedor ecoou pela concha do gramofone.

— De onde você tirou isso? — perguntou o Diretor.

— Peguei na sala dele — sorriu o Porteiro, apontando um dedo rijo na direção do Sr. Lomm. — Eu sabia que alguma coisa estava errada. Ninguém consegue tirar gritos assim sem uma ou duas mortes pelo caminho. Pensei: "Não faz sentido." E não fazia, não é?

— Achamos que você fosse o professor mais cruel de todos — gaguejou Anatole Strauss.

— Você mentiu para nós? — esganiçou a Dra. Zilbergeld, erguendo a agulha do gramofone.

— Seu traidor! — berrou o professor Ingelbrod. — Coluna Mole!

Arrancando o disco da mão da Dra. Zilbergeld, jogou-o do outro lado da mesa com tanta força e velocidade que o objeto quase cortou o alto da cabeça bem besuntada do Sr. Lomm.

O Sr. Lomm ficara preso na armadilha. Seu segredo fora descoberto.

— É, eu menti! — começou, tropeçando nas palavras. — Tenho protegido as crianças de vocês. Conto histórias a elas. Sirvo licor de menta com chocolate. Quero que sejam felizes.

Os tutores tornaram a prender a respiração.

— É — repetiu Lomm. — *Felizes!* Já é ruim o bastante vocês tornarem a vida delas um inferno. Mas privar Osbert de um prêmio que é dele por direito? Isso está errado. Absolutamente errado.

Desafiador, ele se ergueu, apesar de seus joelhos estarem tremendo pelo esforço.

— Não quero fazer parte disso.

— Saia — disse o Diretor, frio, o rosto lívido de ódio. — *Saia!*

Ainda sorrindo, o Porteiro abriu a porta.

Banido da sala, Lomm retornou ao Instituto enquanto prosseguia a reunião no Clube Offenbach.

Um acordo estava sendo passado por toda a mesa, garantindo o fato de que Osbert não receberia o violino.

— Lomm nos decepcionou — afirmou o Diretor. — Acredito que vocês tomaram a decisão correta. Juntos, vamos acabar com o menino Brinkhoff.

Todos os professores, um de cada vez, assinaram seus nomes em tinta vermelha no documento.

Na manhã seguinte, o Sr. Lomm foi chamado à sala do Diretor. Estava tão nervoso que podia sentir um arrepio no braço esquerdo e temia que estivesse sofrendo um infarto.

O Diretor observou o Sr. Lomm em silêncio, deliciando-se a cada momento de suspense.

— Então — começou, por fim —, achou que poderia me trair, é isso? Trair o Clube Offenbach e tudo que o Instituto defende?

— Mas Osbert Brinkhoff tirou a nota máxima na prova — gaguejou o Sr. Lomm. — O certo será que ele receba o Violino de Constantin.

— Certo? — cuspiu o Diretor. — *Certo?* Eu achei que você fosse diferente, Lomm. Achei que fosse excepcional. Um tutor que fizesse o medo penetrar o coração dos alunos. Um homem que pudesse dar prosseguimento ao legado do Instituto. Foi o que pensei, mas claramente estava errado. Você nunca mais vai trabalhar em Schwartzgarten. — Deu as costas para o professor e olhou pela janela. A reunião estava encerrada.

— Vou embora hoje à tarde — disse o Sr. Lomm.

Fechando a porta atrás de si, ele voltou ao quarto úmido no porão e guardou suas roupas e livros numa única mala.

Sem acreditar, Osbert e Isabella observaram da janela do ginásio o Sr. Lomm sair do prédio da escola e alcançar o pátio. Em uma das mãos, carregava a surrada mala de couro e na outra, a antiga caixa de violino. O professor virou-se de maneira desajeitada e sorriu para Osbert e Isabella. Mas, assim que o sorriso se formou em seus lábios, ele percebeu um ruído vindo de cima. Era o Diretor, batendo na janela com a ponta prateada da bengala.

O Porteiro correu de seu quarto e destrancou os grandes portões de ferro.

— E vá com Deus. — Sorriu. — O senhor é mesmo uma raposa traiçoeira.

O Sr. Lomm cruzou os portões abertos e se foi.

Capítulo Cinco

O INSTITUTO havia sido fundado durante o reinado do Bom Príncipe Eugene, excelente esgrimista que decretara que, enquanto a escola existisse, os alunos deveriam aprender a nobre arte da esgrima.

O Diretor era um homem que valorizava as tradições e que garantia que o edito do príncipe Eugene fosse seguido à risca. No dia seguinte à partida de Lomm, os estudantes do Instituto se reuniram no ginásio, usando coletes e leggings brancas. Osbert observou o ambiente, ansioso. Havia algo de errado. O Diretor também convocara os tutores ao ginásio e todos estavam sentados em fila, mal controlando alguns sorrisos.

O Diretor entrou no grande salão, provocando um horripilante silêncio. Trazia consigo um florete dourado que pertencera ao próprio príncipe Eugene e tinha a ponta monogramada com as iniciais do antigo ilustre dono. O amor do Diretor pela esgrima tinha duas vertentes: ele apreciava a arte e a história do esporte; no entanto, mais que isso, adorava a oportunidade de ferir estudantes durante as disputas.

Era palpável o nervosismo no ginásio, e o Diretor saboreava cada segundo dele. Ele sorriu. Os alunos esperavam o resultado da prova para uso do Violino de Constantin.

— Temos que descobrir — sussurrou Isabella, a impaciência finalmente levando a melhor.

— Quem foi? Quem está falando? — latiu o Diretor.

Fez-se silêncio no salão. Lentamente, Osbert deu um passo à frente.

— E então? — perguntou, por fim, o Diretor. — O que foi? Fale.

Osbert segurou o florete com força.

— Com licença, senhor — pediu, a voz trêmula.

— Diga — respondeu o Diretor, um sorriso fino formando-se em seus lábios azuis.

— O Violino de Constantin, senhor — continuou Osbert, hesitante.

— Quer saber se obteve o direito de ficar com o violino? — completou o Diretor, ironizando.

Osbert fez que sim com a cabeça.

— Talvez devêssemos continuar essa conversa na pista — respondeu o Diretor, tomando posição na plataforma instalada no centro do salão.

Osbert subiu na plataforma. Preparava-se para saudar o oponente quando ele o atacou com seu florete. O menino recuou, quase perdendo o equilíbrio.

— Então — sibilou o Diretor —, achou que fosse inteligente o bastante para passar na prova, não é?

Osbert se esquivou, evitando o florete do homem.

— Bom — disse o Diretor. — Muito bom. Se ao menos a sua prova tivesse sido tão boa quanto a sua esgrima...

Osbert não conseguia entender. Tinha certeza de que havia passado na prova.

O Diretor observou-o com olhos estreitos, sorrindo o tempo todo.

— Mais uma vez, não pudemos oferecer o Violino de Constantin a nenhum aluno do Instituto. Por isso, o instrumento será mantido no cofre do Banco Muller, Baum e Spink por mais um ano.

— Mas isso não é justo — afirmou Osbert.

— A vida, como você sabe bem, não é justa — retrucou o Diretor.

Num acesso repentino de raiva, Osbert atacou o homem com o florete.

— *Glissard!* — gritou o Diretor, esquivando-se do golpe e tirando a arma da mão de Osbert. — Então, você ousa me questionar?

O menino tropeçou, andando para trás, enquanto o Diretor avançava ameaçadoramente.

As palavras do Diretor eram mais afiadas que qualquer golpe e pareciam forçar Osbert a ficar no chão. O homem pôs a ponta de seu florete no nariz do menino. Com um movimento rápido como um relâmpago, cortou o rosto de Osbert. O garoto gritou, tanto de surpresa quanto de dor.

O Diretor deu um passo para trás.

Osbert levou a mão à bochecha. Tinha os dedos ensanguentados.

— A primeira ferida — sussurrou o Diretor. — Você está expulso, menino! — Uma expressão de satisfação amarga tomou seu rosto. — Vou acabar com a sua família ridícula. Anote as minhas palavras, Osbert Brinkhoff.

— E você não questionou o Diretor? — perguntou a Sra. Brinkhoff, a voz trêmula.

Osbert simplesmente fez que sim com a cabeça. O sangue secara, formando uma cicatriz grosseira em seu rosto, mas seria necessário muito mais tempo para curar as feridas mais profundas que haviam sido abertas naquela tarde. Enquanto limpava o corte com uma bola de algodão mergulhada em loção antisséptica, a Sra. Brinkhoff temeu que a vida deles fosse mudar para sempre.

Na manhã seguinte, às oito horas, quando o Sr. Baum atravessou o piso quadriculado do saguão do banco e destrancou a porta da frente, ficou surpreso ao descobrir que um cliente já esperava do lado de fora, cercado pela névoa.

— Bom dia, senhor — disse o banqueiro. — Espero que não tenha esperado muito.

A figura deu um passo à frente, segurando uma bengala com a mão cinzenta e magra. O Sr. Baum se encolheu de medo. Era a figura esquelética do Diretor.

— São oito e um — sibilou ele. — O senhor me deixou esperando precisamente sessenta segundos.

— Sinto muito — sussurrou o Sr. Baum, fazendo uma reverência.

— Gostaria de falar com o Sr. Spink — pediu o Diretor, tirando o chapéu e entrando no banco. — A respeito de um assunto de grande importância.

— Vou telefonar para ele imediatamente.

— Não tenho tempo para isso! — retrucou o Diretor, atravessando o saguão do banco e entrando no elevador. Antes que o Sr. Baum pudesse dizer outra coisa, o Diretor fechou a porta pantográfica e apertou o botão do segundo andar.

O Sr. Spink, que já tinha idade avançada e era particularmente suscetível a sustos, ficou tão surpreso quanto o colega quando abriu a porta e descobriu o Diretor parado do lado de fora. O Diretor tinha o costume de chamar o Sr. Spink ao Instituto sempre que precisava falar sobre negócios — ele quase nunca se aventurava até o coração da cidade.

— Isso é realmente uma honra — murmurou o Sr. Spink. — Não vejo o senhor no banco desde que o velho Sr. Muller estava vivo e respirando.

— Já chega! — latiu o Diretor. — Sente-se.

O Sr. Spink sentou-se, obediente.

O Diretor manteve-se de pé, em frente à mesa do Sr. Spink, como um fantasma. Ele baixou a voz para um grunhido ameaçador:

— É necessário que o senhor demita o Sr. Brinkhoff.

— Posso perguntar por quê? — indagou o Sr. Spink, extremamente desconcertado.

Os olhos do Diretor piscaram, num tique, e o Sr. Spink se encolheu na própria cadeira.

— Deve fazer daquele homem um exemplo — exigiu o Diretor. — O filho dele ousou questionar o Instituto e, por isso, nós o expulsamos. Não vamos tolerar qualquer insubordinação. O pai do menino, com certeza, é o culpado. É fato comprovado que a insubordinação começa em casa.

— Mas, com certeza — começou o Sr. Spink, hesitante —, devemos esperar uma certa quantidade de orgulho em um menino tão inteligente, não acha?

— Excesso de conhecimento é uma coisa perigosa — vociferou o Diretor, batendo a bengala na mesa de mogno para enfatizar o que queria dizer. — O senhor entendeu?

O Sr. Spink se encolheu. Cada batida da bengala do Diretor criava uma nova marca em sua mesa imaculadamente polida.

— O Sr. Brinkhoff sempre foi um bom funcionário — afirmou o Sr. Spink, cuidadoso, ansioso para não desagradar o Diretor. — Tem certeza *absoluta* de que quer que eu o demita?

O Diretor se inclinou para a frente, pousando os dedos magros na ponta da mesa do Sr. Spink, e encarou o banqueiro.

— O senhor sabe o que acontecerá se não fizer isso.

O Sr. Brinkhoff estava em seu pequeno escritório com vista para o parque e para as montanhas adiante. Era uma manhã escura e ele trabalhava com a luminária da mesa acesa. A sala era cheia de canetas, tinteiros, carimbos de datas e mata-borrões. Ele deu um gole no chá-preto e devolveu a xícara ao pires. Olhando para fora da janela, notou uma figura familiar parada na rua abaixo de seu escritório. Era o Diretor. Como se tivesse consciência de que estava sendo observado, o homem virou-se e olhou para cima. Ergueu o chapéu e sorriu para o Sr. Brinkhoff, antes de dar as costas para a janela e se afastar do banco, andando rapidamente.

O telefone tocou, estridente, fazendo a xícara e o pires tremerem. O Sr. Brinkhoff atendeu:

— Bom dia, Muller, Baum e Spink. Aqui é o Sr. Brinkhoff.

— Brinkhoff, aqui é o Spink. — O homem estava ansioso e as palavras ficaram presas em sua garganta. — Pode vir até o meu escritório, por favor?

Tomado por um mau presságio, o Sr. Brinkhoff correu até a sala do Sr. Spink e bateu timidamente na porta.

— Entre — pediu o Sr. Spink.

— Bom dia — disse o Sr. Brinkhoff, antecipando o pior.

— Sente-se.

O Sr. Brinkhoff sentou-se, desajeitado.

— Um assunto foi trazido até mim, Brinkhoff... — começou o Sr. Spink, antes de hesitar. Ele não tinha ideia de como continuar a frase. Sabia que deveria demitir o empregado, mas não conseguia encontrar uma razão convincente para fazê-lo. O Sr. Brinkhoff era educado, trabalhador, tinha boas maneiras, além de pontual, bondoso, generoso e leal. Era um empregado perfeito em todos os aspectos.

O Sr. Brinkhoff observou o chefe limpar os cantos dos olhos com um lenço.

— Vai me demitir, não vai? — perguntou, baixinho.

O Sr. Spink suspirou, triste.

— O Diretor ordenou. Ponha-se no meu lugar. O que o senhor faria? Não podemos irritar o Instituto. Pense na quantidade de dinheiro que eles têm em nossos cofres, Brinkhoff. Se fechassem a conta, seria uma catástrofe. O Banco Muller, Baum e Spink iria à falência.

— Mas eu não fiz *nada de errado!* — implorou o Sr. Brinkhoff.

O Sr. Spink grunhiu. Não era um homem heroico. Não havia nada que ele quisesse mais do que manter o Sr. Brinkhoff no escritório do Muller, Baum e Spink, mas aquilo não podia ser feito. O Instituto havia decidido.

<hr />

Dia após dia, o Sr. Brinkhoff se mantinha deitado na cama, ou sentado silenciosamente em seu escritório. Estava desolado. Como Osbert fora expulso do Instituto, a Sra. Brinkhoff não tivera escolha senão voltar a educar o menino em casa, e era o que ela fazia todas as manhãs. Depois, às tardes, preparava sopas e caldos nutritivos, que dava ao Sr. Brinkhoff, segurando a mão dele com gentileza e esperando o melhor. Babá, temendo os tempos sombrios que viriam, ficava sentada sozinha no próprio quarto, segurando uma garrafa de conhaque de ameixa, fumando um charuto grosso e encarando, amarga, as fotografias de amores perdidos. Sozinho, Osbert passava as tardes no cemitério, passeando pelas alamedas, lendo as inscrições nas lápides e nos elaborados túmulos de mármore. Sentia-se culpado pela demissão do pai, e a calma mortal do cemitério apaziguava sua mente agitada.

As economias da família foram se reduzindo, até que, uma noite, três semanas após a demissão do Sr. Brinkhoff do Banco Muller, Baum e Spink, ouviu-se uma batida forte na porta do apartamento. Babá fora até o bar da esquina para "tomar um gole de algo que a curasse"; por isso, Osbert atendeu. Ali, na entrada, estava Anatole Strauss. Era um homem feio e gordo, com cabelos negros oleosos e um bigode rigidamente encorpado.

— Boa noite, Sr. Strauss — disse Osbert, educado.

— Vim ver seus pais — avisou Strauss, o bigode trêmulo. — É sobre o aluguel que devem ao Instituto. Estão atrasados duas semanas.

Sem esperar ser convidado para entrar, Anatole Strauss passou pela porta e dirigiu-se à sala de estar, onde o Sr. Brinkhoff estava sentado em sua poltrona, enrolado num cobertor. A Sra. Brinkhoff veio da cozinha, carregando uma bandeja de trouxinhas de maçã e uma garrafa de café bem quente.

— Entendi — afirmou Strauss, esfregando as mãos, triunfante. — Não têm dinheiro para pagar o aluguel para o Instituto, mas *têm* para desperdiçar com trouxinhas de maçã e café.

— Meu pai está doente, senhor — explicou Osbert.

— E nós temos que comer — completou a Sra. Brinkhoff, baixinho.

— Talvez tenham, talvez não — irritou-se Anatole Strauss. — Mas não importa, e a senhora sabe bem disso. — Olhando para o espelho, apertou as pontas do bigode. — Imagine — continuou — se todos os locatários do Instituto se recusassem a pagar o aluguel. O que aconteceria?

— Não estamos nos recusando a pagar — respondeu a Sra. Brinkhoff delicadamente. — Só não temos o dinheiro para pagar.

Osbert queria dar um chute forte na canela de Anatole Strauss, mas pensou melhor.

— Recusar-se a pagar ou não recusar-se a pagar, mas não ter o dinheiro dá no mesmo — continuou Strauss. — Ou melhor, não dá em nada. Vocês têm três dias para conseguir o dinheiro para pagar sua dívida.

— Três dias? — repetiu o Sr. Brinkhoff. — Isso não nos dá tempo nenhum!

— Por favor — implorou a Sra. Brinkhoff. — Pode nos dar uma semana?

— Darei três dias e nenhum a mais — grunhiu Anatole Strauss. — Três dias, ou ficarão na rua!

Naquela noite, o Sr. e a Sra. Brinkhoff ficaram sentados na sala de jantar fria, embrulhados em sobretudos e usando protetores de orelhas para se manterem aquecidos. Não havia carvão para alimentar o fogo nem energia elétrica para encorajá-los. À luz de uma vela, o Sr. Brinkhoff destampou a latinha de dinheiro da família e esvaziou o conteúdo. Três pequenas moedas de bronze rolaram pela mesa, junto com uma ficha para um jantar no Hotel Imperador Xavier, fora da validade havia muito tempo.

— Só temos isso? — suspirou a Sra. Brinkhoff, muito decepcionada.

— Só — respondeu o marido, desanimado, reunindo as moedas. — Apenas alguns centavos. Não temos nem uma coroa imperial.

Não havia nada que pudessem fazer senão esperar.

<hr>

Anatole Strauss cumpriu sua palavra e, na manhã do terceiro dia, chegou para despejar o Sr. e a Sra. Brinkhoff, Osbert e Babá do apartamento. Os quatro ouviram uma batida forte na porta — um tremor violento que pareceu sacudir todo o prédio, desde as suas fundações.

— Não atenda — disse Osbert.

— Talvez ele vá embora — sussurrou a Sra. Brinkhoff.

— Se não o deixarmos entrar, ele voltará com a polícia — respondeu o Sr. Brinkhoff. — E, então, o que será de nós?

Resignada com o destino da família, a Sra. Brinkhoff destrancou a porta. No corredor do lado de fora do apartamento estavam dois guardas. Os dois fizeram uma reverência e ergueram os chapéus.

— Nada pessoal, é claro — disse o primeiro guarda.

— Todos temos que ganhar dinheiro — afirmou o segundo.

— Já chega — rugiu Strauss. — Os Brinkhoff não merecem a nossa pena. — Ele bateu as mãos, e os guardas entraram correndo.

A família Brinkhoff foi forçada a descer para o térreo e a observar em silêncio enquanto seus pertences eram carregados até a rua.

— Sinto muito — disse o primeiro guarda, estendendo a mão e apontando o violino que Osbert carregava.

O menino estava tão furioso que queria morder o guarda, mas não o fez. Em vez disso, tirou o instrumento da caixa e o observou pela última vez. Fechou a caixa e a entregou ao guarda.

— O que aconteceu? — chiou Babá, enquanto corria até a família, voltando do mercado com o pouco de comida que tinha conseguido de graça ou tomado emprestado dos donos das bancas.

— Não é da sua conta — respondeu Anatole Strauss, ouriçado.

— Isso é meu! — berrou Babá enquanto o segundo guarda surgia com um chapéu preto de penas de corvo.

— E agora é do Instituto — retrucou Strauss.

Babá pescou uma enorme beterraba suja do fundo da sacola e a jogou na cabeça do guarda com tanta força que derrubou o homem, fazendo-o cair na água suja que fluía na sarjeta.

— Mais uma dessa e vou chamar a polícia! — avisou o primeiro guarda, apenas para ser atingido entre os olhos por um pedaço de pão de centeio duro e seco.

Anatole Strauss buscou abrigo atrás da carroça que havia contratado para transportar os bens levados à força. Esperou escondido até que o último pertence dos Brinkhoff fosse arrastado para a rua.

Osbert olhou para o apartamento dos Myop sobre a loja de doces e viu Isabella na janela, o nariz pressionado contra o vidro. A vida da amiga não havia mudado em nada. Isabella continuava sendo aluna do Instituto e ainda tinha o luxo de possuir um teto sobre a sua cabeça. Ela acenou, triste, mas Osbert não teve ânimo de acenar de volta.

— E isto — disse Anatole Strauss, surgindo de trás da carroça com um grande cadeado de bronze para trancar a porta do apartamento dos Brinkhoff — é para que vocês não se sintam tentados a entrar de novo! — Observou a mobília empilhada na rua diante dele. — Duvido que este entulho seja o bastante para pagar o dinheiro que devem ao Instituto, mas fazemos isso por *princípio*!

Babá, que esperara pacientemente, lançou uma lata de sardinhas em conserva em Strauss, derrubando o chapéu da cabeça dele. Como um inseto que foge, buscando um lugar seguro, Anatole Strauss virou-se e correu. Os guardas o seguiram rapidamente, carregando a carroça.

Os Brinkhoff ficaram parados na calçada, incrivelmente assustados com o que acontecera. Tinham sido deixados com nada além de duas malas, que continham suas roupas mais velhas e o sobretudo de tweed Brammerhaus do Sr. Brinkhoff, um tapete gasto, uma cadeira de palhinha que já não tinha espaldar e um papagaio empalhado, completamente mofado, numa redoma de vidro.

— O que vamos fazer agora? — perguntou a Sra. Brinkhoff.

— Vão morar comigo — disse Babá com firmeza, encarregando-se do assunto. — Ainda tenho o meu apartamento na Cidade Velha.

— Não podemos pedir isso a você — retrucou a Sra. Brinkhoff.

— Vocês não têm escolha — disse Babá. — Sempre cuido das famílias para quem trabalho. Mesmo que elas não percebam que precisam de ajuda.

A Sra. Brinkhoff sorriu, pouco à vontade com a ideia de se mudar para o apartamento de Babá, mas a família não tinha escolha. Osbert lembrava-se bem do lugar e estremeceu ao pensar na possibilidade de ter que morar lá. Tornou a olhar para Isabella, que sorriu, triste. A Sra. Myop tirou a filha da janela e fechou as cortinas.

Pegando as malas, a família Brinkhoff seguiu Babá pela ponte Princesa Euphenia e entrou na Cidade Velha.

<hr />

Babá puxou os lençóis de cima dos móveis e tirou teias de aranha das janelas, fazendo uma série de pequenos insetos se esconder nas sombras.

— Que lindo... — disse a Sra. Brinkhoff, forçando os olhos para ver o cômodo mal-iluminado.

No entanto, não era um apartamento lindo. Na verdade, era o apartamento mais feio que a Sra. Brinkhoff já vira: o papel de parede estava amarelado pela idade, a pintura das portas descascava e manchas de mofo cobriam o teto. Havia uma minúscula cozinha com um fogão a gás, uma geladeira e água fria. E apenas dois quartos; por isso, Babá ofereceu-se generosamente para dormir no sofá de couro surrado da sala.

— Poupem suas costas — insistiu ela. — Uma rua de paralelepípedos é macia como uma cama para mim. E um sofá é um luxo. Não vou perder meu sono nele.

Então, o Sr. e a Sra. Brinkhoff ficaram com um dos quartos e Osbert com o outro.

O Sr. Brinkhoff, que se enfraquecera ainda mais com o transcorrer do dia, pôde apenas observar do térreo, enquanto sua esposa, Osbert e Babá carregavam os últimos pertences da família pelos sete lances de escada até a sua nova casa.

***

O apartamento de Babá era tão triste quanto Osbert havia imaginado de fora. Os canos chacoalhavam dentro das paredes e a água da chuva pingava na sua cama. A janela do quarto era tão alta que ele não podia ver lá fora com facilidade. Para olhar a vista, tinha que colocar uma caixa contra a parede e subir nela. Lembrava dolorosamente a cela do Sr. Lomm no Instituto. As paredes eram úmidas, o papel de parede estava apodrecendo e o ar era cheio do mesmo cheiro embolorado de mofo. Analisou os acontecimentos tumultuosos das semanas anteriores. Seus pais haviam perdido a casa, o pai fora demitido do banco e o Sr. Lomm havia ido embora. Parecia que nada tornaria a dar certo.

Osbert enfiou a cabeça no travesseiro e chorou até adormecer.

Capítulo Seis

NA MANHÃ seguinte, Osbert acordou cedo. Seu quarto estava quente e abafado, e o cheiro fétido da fábrica de cola empesteava o ar, causando-lhe enjoo e tonteira. Ele subiu na caixa para abrir a janela. Na porta de um apartamento do lado oposto da rua, um homem gordo usando um colete cinza sujo tocava trompete. Osbert o observava.

— O que está olhando? — gritou o homem. — Olhe para mim assim de novo e vou até aí arrancar o seu fígado!

Osbert pulou para longe da janela e correu até a sala de estar. Babá já estava de pé, fritando ovos de pata para o café da manhã num fogão antigo.

— Tem um homem do outro lado da rua que diz que vai arrancar o meu fígado — informou Osbert.

— Ele sempre diz isso — explicou Babá, salpicando pimenta sobre os ovos. — Sempre respondo que ele não pode arrancar meu fígado porque vou arrancar o dele primeiro.

A Sra. Brinkhoff saiu do quarto. Tinha o rosto pálido e as mãos trêmulas.

— O que houve? — perguntou Babá.

— É o Sr. Brinkhoff. Não quer sair da cama. Não troca uma palavra comigo. Fica só deitado, olhando para o teto.

— É melhor chamarmos um médico — disse Babá. — Muitos homens que se recusam a sair da cama para comer ovos de pata já estão mortos e frios na hora do almoço.

O Dr. Zimmermann chegou uma hora depois. Passou muito tempo examinando o Sr. Brinkhoff. Quando, por fim, fechou a porta do quarto e foi até a cozinha, tinha a testa enrugada de preocupação.

— Ele está muito doente? — perguntou a Sra. Brinkhoff.

— Teve uma crise nervosa — respondeu o doutor.

A Sra. Brinkhoff sorriu, sem entender.

— Mas ele vai melhorar, não vai?

— É difícil dizer — respondeu o médico. — Se vocês ainda estivessem morando no apartamento da rua Marechal Podovsky, eu diria que, com muito repouso e nutritivas tigelas de sopa, ele ficaria bem em quinze dias. Mas aqui, na Cidade Velha, com o ar ruim e o fedor da fábrica de cola... — Interrompeu-se o Dr. Zimmermann, estudando a língua. — O melhor que podem fazer por ele é mantê-lo aquecido e confortável e tentar evitar qualquer choque desnecessário que possa deixar seu marido ainda mais perturbado.

Naquela tarde, Osbert saiu para caminhar no cemitério. Sempre achara ser um bom lugar para pensar, e, agora que os Brinkhoff estavam morando no apartamento de Babá, o local ficava apenas a alguns metros de distância.

Osbert relutava em voltar para a nova casa, para a fumaça sufocante da fábrica de cola e para o homem do outro lado da rua, que queria arrancar seu fígado. Em vez disso, decidiu explorar mais o cemitério; por isso, saiu da alameda principal e passou pela grama alta para investigar os túmulos que ficavam além dela.

O menino andou até vislumbrar uma grande estrutura imponente de ardósia cinza. Era uma edificação curiosa, que se parecia com o Instituto, apesar de muito menor. Não tinha janelas, e a porta havia sido lacrada e estava coberta com uma grossa camada de musgo verde. A luz começava a diminuir, e foi apertando os olhos na escuridão que Osbert conseguiu ler a inscrição: *Erigido em memória dos tutores do Instituto.*

Aquilo era um mausoléu.

Sob o líquen, ao lado da porta, havia mais placas e, retirando com cuidado o musgo, Osbert descobriu menções a professores do Instituto falecidos havia tempo, gravadas nas frias paredes de ardósia. Era curioso ver quantos deles haviam tido mortes sinistras e inesperadas. Osbert conhecia a vida do grande criador do Instituto, Julius Offenbach, que morrera cozido na própria banheira, mas havia histórias ali que o menino nunca ouvira antes, retratadas em alto-relevo num friso na parte superior da construção. Havia um epitáfio para um professor que se afogara no rio Schwartz quando sua lancha batera em pedras e afundara, outro para um professor que caíra da ameia do Palácio do Governo, outro mais para um professor que fora reduzido a pedacinhos por lobos enquanto fazia um piquenique fora dos muros da cidade. Resumindo, a história do Instituto não havia sido nada feliz.

Osbert suspirou, perdido em seus pensamentos. Sabia que era o responsável pelos problemas da família. No fundo de seu coração, esperava que o destino desse a seus professores os mesmos finais infelizes de seus predecessores.

———•———

Uma semana depois, o Sr. Brinkhoff levantou-se cedo. Preparou uma garrafa de café e uma torrada de pão de centeio e sentou-se na cozinha para ler a edição matinal do jornal *O Informante*.

— Você está bem de novo! — gritou Osbert, abraçando o pai com força.

O Sr. Brinkhoff riu e deu uma série de tapinhas na cabeça do filho.

— Talvez ele deva voltar para a cama depois do café — afirmou a Sra. Brinkhoff, que não estava tão convencida de que o marido se recuperara completamente.

— Mas depois do café vou levar Osbert até a cidade — disse ele sorrindo. Fazia semanas que o menino não via aquele sorriso aberto. — Hoje, minha querida esposa, vou comprar outro violino para nosso filho.

— Mas não temos dinheiro — disse a Sra. Brinkhoff, baixinho, com muita calma.

— Ah, temos, sim — respondeu o Sr. Brinkhoff, pegando as mãos da esposa e apertando-as com gentileza. — O bastante para um violino, tenho certeza. Tive um pouco de sorte, sabe?

Aquilo não era realmente verdade — a sorte nunca mais sorrira para a família Brinkhoff. O Sr. Brinkhoff havia conseguido o dinheiro no penhor colocando os seus sapatos marrons de couro e vendendo seu paletó favorito de tweed Brammerhaus.

A loja de violinos ficava no bairro de artesãos da cidade, próxima à Estação Ferroviária Imperial. Era uma loja pequena e elegante, cheia de caixas de violinos e violoncelos, polidos até adquirirem um brilho perfeito. Pareciam brilhar como ouro velho atrás do vidro das cristaleiras de madeira. Havia arcos novos, pacotes de papel com cordas de violino, bustos de gesso dos grandes compositores e maestros de Schwartzgarten... A pequena loja estava tão cheia de mercadoria que era quase impossível andar de uma ponta a outra sem derrubar alguma coisa. Um homem gordo e totalmente careca, com um pincenê, estava de pé sobre uma escada, separando pilhas de partituras. Ele acenou para os dois clientes.

— Brinkhoff, não é? — perguntou o homem.

— Estou surpreso que ainda se lembre de mim — respondeu o Sr. Brinkhoff, muito emocionado.

— E este deve ser o seu filho — afirmou o dono da loja, descendo da escada.

— É — respondeu o Sr. Brinkhoff. — Este é o pequeno Osbert.

— E Osbert vai querer um violino novo, assim como o pai? — perguntou o dono da loja.

— Não toco violino desde criança — disse o Sr. Brinkhoff, triste. Ele não tocava uma nota desde que fora reprovado na prova

—83—

para o Instituto e ficou impressionado com o preço alto a que os violinos haviam chegado. — Será... — perguntou — que o senhor teria alguns violinos mais baratos?

— Talvez eu tenha — afirmou o dono da loja, sorrindo bondosamente e desaparecendo pela porta dos fundos.

Quando o homem voltou, tinha nas mãos uma caixa de violino velha e gasta.

— Este é o violino mais barato que temos — sussurrou para o Sr. Brinkhoff. — Temo que não esteja em muito boas condições. Posso vendê-lo por cinco coroas.

O Sr. Brinkhoff abriu a caixa e olhou rapidamente para dentro dela. O instrumento mal podia ser chamado de violino. O braço estava rachado, as cravelhas não existiam e as cordas estavam arrebentadas.

— Obrigado — disse o Sr. Brinkhoff. — Vamos levar.

— Muito bem — respondeu o dono da loja, embrulhando a caixa com papel marrom e barbante para evitar que se desfizesse.

O coração de Osbert se encheu de tristeza. Ao voltar para casa com o pai, Osbert pôs o instrumento no armário de Babá, ainda embrulhado no papel marrom. Um violino daquele, com certeza, nunca poderia ser consertado.

Naquela noite, enquanto Osbert dormia, o Sr. e a Sra. Brinkhoff tiraram o pacote do armário em silêncio e começaram a restaurar o violino. Durante três semanas, todas as noites, os dois se sentaram juntos à mesa da cozinha, à luz da lamparina a óleo de Babá. O Sr. Brinkhoff esculpiu novas cravelhas, colou o braço do violino e prendeu novas cordas. Por fim, a Sra. Brinkhoff poliu a madeira até que adquirisse um brilho vivo. O violino cintilava, lançando tons de um âmbar escuro à luz da lamparina.

O instrumento estava pronto.

—•—

Quando Osbert acordou na manhã seguinte, ao estender a mão para pegar os óculos da cadeira ao lado da cama, seus dedos tocaram a velha caixa do violino, que o Sr. Brinkhoff colocara ali muitas horas antes. Sem ousar ter esperança, Osbert sentou-se na cama e pôs a caixa no colo. O coração batia com força no peito. O menino abriu o fecho na lateral da caixa e prendeu a respiração. Dentro dela estava o seu violino — não a catástrofe destruída e rachada que o pai comprara na loja de música, mas o instrumento mais lindo que já vira. Para Osbert, era ainda mais bonito que o Violino de Constantin.

Ele ouviu uma batida na porta, e a Sra. Brinkhoff entrou com um copo de suco de cranberry e um biscoito de gengibre.

— Era isso que você queria? — perguntou ela, que não era nem um pouco musical.

— Sim — respondeu Osbert. Ele estava tão feliz que mal conseguia falar. — Posso praticar para o papai? Onde ele está?

— Na cama — explicou a Sra. Brinkhoff. — Está encarando o teto de novo. Acho que ele exagerou no esforço para consertar o violino. Tenho certeza de que vai estar bem de novo daqui a um ou dois dias. — Mas a ansiedade em seu rosto traiu a mentira.

Naquela noite, abraçando o violino contra o peito, Osbert foi até a Academia do professor Ingelbrod. Como havia sido expulso do Instituto, o menino não tinha mais vaga na Academia, mas não podia deixar o dia passar sem mostrar o precioso instrumento a Isabella.

— É um violino *novo*? — perguntou a menina, com curiosidade, enquanto esperava com os colegas do lado de fora da Academia e o professor Ingelbrod destrancava a antiga porta de mogno.

Osbert sorriu.

— Não é novo — sussurrou —, mas é o instrumento mais maravilhoso que já vi.

O professor Ingelbrod, que não notara Osbert na multidão, virou-se de repente e inspirou fundo, como se estivesse sentindo um cheiro desagradável. Buscando a fonte do cheiro, seu olhar parou em Osbert.

— Temos um estudante a mais — sibilou. — Um aluno que não tem mais vaga na Academia. — Ele agarrou Osbert pelo braço e o puxou pela porta do prédio, arrastando-o pela escada até a sala de música. Isabella e os outros estudantes seguiram-no em um transe estupefato.

Osbert ficou parado, trêmulo, na frente da sala e o professor Ingelbrod cutucou o peito do menino de forma rude, com o indicador ossudo.

— O que está fazendo aqui, Coluna Mole? Fale, garoto! Fale!

— Vim mostrar meu violino à Isabella — sussurrou Osbert.

— Mas você não *tem* um violino — disse sorrindo o professor.

— Os guardas levaram tudo, não foi? E, sem um violino, o que você poderia estar fazendo aqui?

— Eu tenho um violino, *sim* — retrucou Osbert, abrindo a caixa e mostrando com orgulho o instrumento que os pais haviam trabalhado tanto para consertar.

Incapaz de se inclinar por causa do colete, o professor Ingelbrod dobrou um pouco os joelhos para poder observar o instrumento mais de perto. Estendeu a mão magra e pegou o violino por uma das cordas.

— Isto? — perguntou, observando o instrumento mais de perto. — O que é isto?

— Meu violino novo — respondeu Osbert.

— Vejam! Vejam todos! — riu o professor Ingelbrod. — Osbert Brinkhoff tem um violino *novo*! — Ele pegou o braço do instrumento e o jogou com força contra a parede. A força era tanta que o lindo violino se despedaçou. — Se você não é aluno do Instituto — rosnou —, então não pode ficar aqui também, não é? Saia daqui agora!

Osbert pegou a casca quebrada do violino, colocou-a com cuidado na caixa e fechou a tampa. Seu coração parecia partido também, em pedaços no vazio de seu peito. Entretanto, o menino não chorou. Não daria aquela satisfação ao vingativo tutor sorridente.

Quando chegava à rua, do lado de fora da Academia, Osbert ouviu o professor Ingelbrod gritar com Isabella pela janela aberta da sala de música.

— Não, isso está péssimo! — gritou o professor. — Seus dedos — observou — são fracos demais, curtos demais. Têm que ser fortalecidos e estendidos, para que fiquem longos e ágeis como os meus. Que isso seja uma lição para você. Para todos vocês! — E, dizendo isso, tirou Isabella da sala, levando-a para onde sua linda música não distrairia os demais alunos.

Osbert sabia que destino aguardava Isabella. O professor Ingelbrod a levaria para o porão, onde aplicaria sua punição mais cruel. Com duas cordas de violino, o professor ataria os dedos de Isabella e prenderia as pontas das cordas em ganchos de carne enferrujados, que ele pendurara no teto do porão. A pobre Isabella seria forçada a ficar de pé no escuro, as mãos erguidas sobre a cabeça, enquanto as cordas de violino esticavam seus dedos delicados.

Osbert ficou parado na rua, o rosto queimando de raiva. O que poderia fazer? Não deixaria Isabella sofrer sozinha, amarrada no porão mofado e escuro do professor Ingelbrod. Por isso, aguardou até ouvir que o professor voltara para a sala de música. Ele girou a maçaneta da porta e retornou silenciosamente ao prédio. No andar de cima, os alunos de Ingelbrod tocavam uma pequena composição do professor, chamada "O Corvo É uma Ave de Pesadelo".

Osbert desceu a escada até o porão. Desceu e desceu, até chegar à porta de carvalho escura ao pé da escadaria. Com cuidado, girou a maçaneta e a abriu. Lá estava Isabella, tentando se equilibrar na ponta dos pés, os dedos presos às cordas de violino, amarradas em lindos laços aos ganchos presos ao teto.

— Você voltou para me salvar? — perguntou ela, enquanto Osbert soltava as cordas e a libertava.

— Eu sempre vou salvar você — afirmou o menino, enquanto pegava a menina pela mão e a guiava pela escada escura até um lugar seguro.

Juntos, os dois fugiram da Academia do professor Ingelbrod, enquanto o som de violinos arranhava e gania no andar de cima.

Um dia após ter resgatado Isabella das garras do professor Ingelbrod, Osbert passava seu tempo no cemitério, antes de voltar para a triste casa nova para comer o jantar pobre preparado por Babá no fogão a gás.

O cemitério era o lar de vários gatos magros e mortos de fome, que moravam entre os túmulos e memoriais decadentes. Osbert estava sentado, fazendo carinho num gato amarelo esquelético que chamava de Saco de Ossos, pensando novamente na vida no apartamento de Babá. Pensou no barulho dos ratos no sótão, que mantinha a família Brinkhoff acordada à noite, e no rastejar das baratas que haviam acabado com a tranquilidade da mãe. Pensou com tristeza no pai, que não sorria mais. Então, começou a pensar no professor Ingelbrod, na crueldade com que punira Isabella e na falta de emoção que demonstrara ao destruir seu precioso violino. E, quanto mais pensava, com mais força fazia carinho no gato, até que a criatura sibilou, irritada, e fugiu pelo cemitério deserto.

Sentado em silêncio contemplativo, o gérmen de uma ideia surgiu na cabeça de Osbert. Ele penetrou o cérebro do menino e cresceu até se tornar um plano — um plano que o fez suar, apesar do frio do dia. Osbert se vingaria do professor Marius Ingelbrod.

Naquela noite, enquanto Babá, sua mãe e seu pai dormiam, o garoto saiu da cama e se vestiu em silêncio. Andando na ponta dos pés pelo apartamento, abriu a porta sem fazer barulho e a deixou aberta para que pudesse voltar mais tarde. Caminhou rapidamente pelas ruas da Cidade Velha, passou pela ponte Princesa Euphenia, pela Edvardplatz e seguiu direto até a Academia.

Era meia-noite quando Osbert chegou à Academia. Pôde ouvir o estrondo baixo do grande sino de Schwartzgarten enquanto ele marcava a hora na torre do relógio do Imperador Xavier. A rua estava mergulhada na escuridão, exceto por uma mancha brilhante de luz derramada por uma vela bruxuleante na janela da sala de jantar do professor. Osbert andou silenciosamente sobre os paralelepípedos. Ia observar pela janela quando, de repente, a porta foi aberta com violência e uma figura surgiu. Era a empregada do professor Ingelbrod, a Sra. Zukov. Osbert pressionou o corpo contra a parede, desaparecendo nas sombras.

— E não recebo nem um obrigado — murmurou a Sra. Zukov, amarrando um lenço na cabeça. — Cozinho e limpo para o velho diabo e parece que sou invisível, porque ele nunca me agradece. — Batendo a porta atrás de si, desceu a escada fazendo barulho e chegou à rua, sempre murmurando baixinho: — Bom, que aproveite o jantar. Espero que engasgue com ele, velho venenoso.

Osbert esperou a Sra. Zukov dobrar na esquina no fim da rua. Saiu das sombras e voltou lentamente até a janela do professor Ingelbrod, olhando para dentro com cuidado.

Ingelbrod estava sentado sozinho à mesa de jantar, saboreando uma refeição simples, composta de queijo, biscoitos de água e sal e pasta de anchova, que a Sra. Zukov preparara para ele.

Osbert ficou parado, pacientemente, observando o homem comer. Era uma visão nojenta. O rosto do professor era tão fino que, enquanto mastigava, os músculos de ambos os lados de sua mandíbula inchavam, machucando a frágil pele pálida.

Por fim, Ingelbrod levantou-se e, usando a luz da vela, saiu da sala e subiu até seu quarto, levando o resto do lanche numa bandeja de madeira, à qual acrescentou um copo de leite e uma colherada de manteiga, caso tivesse fome de madrugada. Seus membros eram longos e pontudos como as pernas de uma aranha, e cada passo que dava trazia consigo um coro orquestrado de estalos de ossos e músculos pinçados, que Osbert podia ouvir com clareza através do vidro.

O menino esperou que o professor Ingelbrod desaparecesse no topo da escada; então, silenciosamente, subiu os degraus até a porta principal. Tinha fabricado uma chave-mestra com um clipe de papel retorcido e estava se preparando para mexer na fechadura quando percebeu que a porta se encontrava aberta. A Sra. Zukov a batera com tanta força que ela se abrira de novo. Osbert sentiu que o destino sorria para a sua aventura noturna. Empurrando a porta com suavidade, entrou na Academia.

Havia luar suficiente passando pela janela da sala de jantar para guiar Osbert até o pé da escada, mas, ao subir para o segundo andar do prédio, cada passo o levava ainda mais para a escuridão. As janelas superiores da Academia estavam fechadas; por isso, somente a memória de Osbert permitiu que ele passasse de cômodo a cômodo. Por fim, entrando em silêncio na sala de música e passando pelas fileiras de cavaletes, Osbert encontrou o que procurava. Ali, na gaveta da mesa de Ingelbrod, havia um rolo de corda de violino. Colocando-o no bolso da jaqueta, o menino saiu da sala e passou pelo corredor, onde subiu novamente a escada até o quarto do professor.

Abrindo suavemente a porta, Osbert entrou, esgueirando-se. Ingelbrod estava na cama, dormindo. A vela ainda bruxuleava na mesa, ao lado da janela, lançando a sombra de Osbert na parede.

Ingelbrod grunhiu e bufou. Os braços finos estremeceram e se ergueram, como os de um inseto à beira da morte, pousando por fim sobre as costas do homem. As pálpebras do professor bateram por um instante. Ele bufou novamente, fazendo barulho pelo nariz, depois ficou parado, num sono profundo. E, enquanto o homem dormia, Osbert tirou o rolo de corda de violino do bolso e amarrou os dedos das mãos e dos pés do professor à barra de ferro da cama, um a um, até que Ingelbrod estivesse totalmente preso.

Quando terminou o trabalho, Osbert inclinou-se com cuidado sobre a figura sonolenta do professor. Não ouviu barulho nenhum. Nem mesmo um som grave de respiração. O menino começava a se perguntar se o homem estava morto quando, de repente, com um movimento suave, os olhos de Ingelbrod piscaram e se abriram.

— Quem está aí? — perguntou. — Quem está aí?

Osbert voltou para as sombras. O professor podia ver o tamanho da figura, mas não o rosto.

— O que está fazendo aqui, garoto? — indagou. — Mostre seu rosto, Coluna Mole!

Ingelbrod tentou sair da cama, mas não podia se mexer Olhando para baixo, ficou assustado ao descobrir que todos os seus dedos estavam amarrados à cama com cordas de violino. Era como se estivesse preso numa gigantesca teia de aranha.

— Venha me desamarrar! — latiu.

No entanto, Osbert não tinha intenção nenhuma de desamarrar o homem. Era importante que o professor aprendesse a lição. E, como Ingelbrod havia ensinado tão bem, as lições eram aprendidas da pior maneira possível.

De modo tão silencioso quanto havia entrado na Academia do professor Ingelbrod, Osbert saiu, empurrando a porta da frente até ouvir a tranca se fechar. Sorrindo para o trabalho bem-feito, o menino andou rapidamente pela rua iluminada pelo luar e voltou para casa.

Capítulo Sete

DEVEMOS ESCLARECER que a tragédia que se abateu sobre o professor Ingelbrod ocorreu por acaso. Osbert não pretendia matar o homem, mas ensinar-lhe uma lição da qual se lembraria até o fim de seus dias. Obviamente, ele não tinha como prever que o professor dispunha de pouquíssimos dias de vida.

Osbert imaginara que a empregada do professor Ingelbrod, a Sra. Zukov, chegaria na manhã seguinte e, ao descobrir o patrão amarrado à cama com as cordas de violino, soltaria o homem. No entanto, não foi o que aconteceu. Não aconteceu porque a Sra. Zukov não estava em Schwartzgarten para salvar o patrão. Ela viajara no trem expresso matutino para visitar a irmã e tirar férias de dez dias na cidade de Obervlatz, nas montanhas.

Quando, pela sétima noite seguida, o professor não desceu para abrir a porta para os alunos da Academia, a situação chegou ao seu limite.

Osbert e Babá, que haviam saído para uma caminhada noturna, ficaram curiosos ao encontrar uma multidão reunida do lado de fora do imóvel. As janelas haviam sido arrombadas e as venezianas, retiradas, e uma escada fora apoiada contra a parede.

— O que aconteceu? — perguntou Babá.

— Dê uma olhada — sugeriu a Sra. Mylinsky, cujo marido providenciara a escada.

Babá não gostava de altura; por isso, ficou ao pé da escada enquanto Osbert subia lentamente os degraus até o segundo andar do prédio.

Os pequenos vidros das janelas estavam sujos com anos de limo; assim, Osbert tirou o lenço do bolso e limpou a sujeira de uma pequena área circular. O cômodo estava escuro, e levou um certo tempo para os olhos do menino se acostumarem à falta de luz. Numa mesa em frente à janela, a vela queimara até se reduzir a um toco. O leite coalhara. A manteiga estava rançosa no prato. Um rato passava pelo chão. Lentamente, Osbert começou a identificar formas específicas na outra ponta do cômodo: o lavatório com o jarro e a bacia, o enorme armário de carvalho esculpido, cheio de traças, e, estendida sobre a cama, a figura cinzenta e sem vida do professor Ingelbrod — ainda mais cinzento do que ele fora em vida.

Naturalmente, Osbert havia ficado curioso em saber o que acontecera com o professor Ingelbrod. Mas nunca em seus sonhos mais loucos, ele havia considerado a possibilidade de o homem estar morto.

Uma hora se passou até o Inspetor de Polícia e o Legista chegarem num carro. Nesse período, a multidão do lado de fora da Academia aumentara a tal ponto que foi impossível para o carro passar pela rua estreita. Durante todo o tempo, os curiosos cidadãos de Schwartzgarten haviam se revezado para subir a escada do Sr. Mylinsky e olhar para o cadáver murcho do professor Ingelbrod.

O Inspetor era um homem gordo e sério, de bigode caído, que não tinha tempo para observadores macabros. Ele parou na escada da Academia, com o enrugado Legista encolhido atrás dele, e lançou um olhar míope para a multidão através dos óculos de aro dourado.

Em seguida, soprou seu apito.

— Se passassem menos tempo olhando para o corpo e mais tempo derrubando a porta, talvez conseguíssemos solucionar esse mistério.

A multidão estava mais que ansiosa para derrubar a porta do professor Ingelbrod. No entanto, era uma porta muito forte e levou alguns minutos até o grande pedaço de mogno antigo ceder. Balançando em suas dobradiças de bronze retorcidas, ela caiu no chão, a aldrava de ferro soando sua última batida antes de se silenciar para sempre.

A multidão observou impacientemente enquanto o Inspetor e o Legista passavam pela porta caída e entravam no saguão tomado de ar putrefato do professor Ingelbrod. Com cuidado, os dois subiram a escada e desapareceram.

Quando tornou a aparecer, vinte minutos depois, o Legista balançou a cabeça e o dedo para a multidão reunida.

— O professor Ingelbrod, com certeza, está morto.

Babá abriu caminho até a frente da multidão, arrastando Osbert atrás dela.

— E o que matou o professor? — gritou.

— O homem foi assassinado — sorriu o Legista. — Ele foi amarrado à cama com cordas de violino e morreu de fome.

O Legista balançou as mãos no ar, e um velho rabecão, que estivera discretamente estacionado numa rua lateral, aproximou-se lentamente da Academia. Ao volante estava Schroeder, o agente funerário, vestido com um terno preto surrado e usando uma cartola preta empoeirada, e fedendo a xarope para tosse e a aguardente de beterraba. Schroeder apertou a buzina várias vezes para conseguir liberar a rua, apinhada de observadores.

Quando o rabecão estremeceu e parou, o agente funerário saiu desajeitadamente do carro, segurando-se na lateral do veículo para manter-se de pé.

— Você está bêbado — rosnou o Legista.

— E *você* é um anão — grunhiu o agente funerário. — Assassinato, é?

O Legista assentiu com a cabeça.

Schroeder bateu com o punho fechado na parte traseira do rabecão e o porta-malas se abriu. Um jovem dolorosamente magro, vestindo um terno duas vezes maior que seu corpo, pôs a cabeça para fora.

— Diga, pai.

— Assassinato — sorriu o agente funerário. — É melhor pegarmos a melhor maca. Tem uma multidão aqui fora. Vamos dar um show para ela.

O professor foi trazido para fora na maca mais decorada de Schroeder, o corpo coberto por um lençol impecavelmente branco. Mas, enquanto Schroeder e o filho desciam a escada, o agente funerário — ainda sob o efeito da aguardente de beterraba — perdeu o equilíbrio e escorregou para trás. O Inspetor deu um pulo para a frente para evitar a queda do agente, mas foi tarde demais. Quando Schroeder caiu, a maca o acompanhou. Toda a multidão exclamou, horrorizada, quando o corpo do professor Ingelbrod escorregou de debaixo do lençol, os esqueléticos dedos cinzentos ainda amarrados com lindos laços de corda de violino.

Naquela noite, Osbert ficou sentado, sozinho, em seu quarto e analisou os acontecimentos do dia. Era impossível apagar a imagem do professor de violino morto. Ela se alojara para sempre em sua memória.

Ele não conseguia entender totalmente o sentimento que o consumia. Pena? Remorso? Não, não era nada daquilo. A sensação que transbordava de dentro de seu estômago era algo bem diferente. Era alegria. Alegria, e uma satisfação profunda.

O funeral do professor Ingelbrod foi realizado na segunda-feira seguinte. O Diretor declarou meio dia de luto oficial e, como sinal de respeito, as lojas que margeavam o caminho entre a funerária e o último local de descanso do professor foram forçadas a fechar, as janelas obscurecidas por cortinas de veludo preto.

A manhã estava extremamente fria, e Babá e Osbert escorregaram e deslizaram enquanto andavam pelas ruas congeladas de Schwartzgarten. Os dois ficaram aguardando na esquina da rua Alexis, do lado de fora do museu, e, às nove e quinze, o bater de cascos na rua de paralelepípedos congelada anunciou a chegada do cortejo fúnebre. O caixão do professor Ingelbrod estava sendo transportado numa carruagem fúnebre envidraçada puxado por dois cavalos negros de crina trançada. Atrás da carruagem vinha uma procissão de alunos do Instituto, todos vestidos de preto, andando numa fila mantida em ordem pelo Sr. Rudulfus, que berrava ordens para o fim do grupo.

Osbert observou os antigos colegas em silêncio, o rosto rígido no ar congelante. Entretanto, seus olhos estavam vivos, como duas bolinhas de gude que se moviam, observadoras, dentro da máscara congelada que era a sua face.

Babá se inclinou e sussurrou ao ouvido de Osbert:

— Lá está ela, Osbert. Lá está a sua amiga.

E lá estava Isabella, quase escondida atrás da enorme figura da Dra. Zilbergeld. A pele branca da menina parecia ainda mais pálida contra o negro de seu vestido e, por um instante, Osbert temeu que ela estivesse doente. Ele tossiu, esperando chamar a atenção de Isabella, e claramente o olhar da menina encontrou o dele — apenas um brilho, um meio-sorriso, o bastante para que Osbert soubesse que ela sabia que ele a observava.

Atrás da Dra. Zilbergeld, a procissão continuava. Cobertos de preto, vinham os professores do Instituto. Primeiro, Anatole

Strauss, estufado com a própria importância, deliciando-se com aquela ocasião fúnebre. O Sr. Rudulfus o seguia, lutando para acompanhar o grupo, andando rapidamente pela rua como um pequeno besouro negro — um besouro que Osbert teria esmagado alegremente. Por fim, mas com certeza não menos importante, vinha o Diretor, batendo ritmadamente no chão com a ponta da bengala, lembrando a todos a figura da Morte atrás de suas presas.

Osbert e Babá não estavam sozinhos na calçada. Outro observador se juntara a eles: o Inspetor de Polícia. Era um homem atormentado. Não tinha pistas. Não tinha suspeitos. Não tinha nada.

A empregada de Ingelbrod, a Sra. Zukov, havia sido interrogada, é claro, mas logo ficara óbvio que ela não era a culpada.

— Se eu tivesse feito isso, não acha que sentiria *orgulho* em confessar? — perguntara ela. — Quem quer que o tenha matado, fez um favor a todos nós. Era um velho venenoso.

— O menino deve estar perturbado — sussurrou o Inspetor para Babá, observando a expressão solene de Osbert enquanto o cortejo fúnebre desaparecia pelas ruas.

Mas não era a morte do professor que perturbava o menino. Osbert só estava chateado pelo fato de ter matado Ingelbrod por acaso, e não por vontade própria.

No dia seguinte, Osbert voltou ao cemitério. Não precisava mais seguir um mapa — conhecia o caminho pelos túmulos e monumentos tão bem quanto percorria as ruas de Schwartzgarten. Seus pés esmagavam a grama congelada do local enquanto ele andava até o mausoléu.

Passou a mão pela entrada do túmulo. Sem o líquen, ela estava mais limpa do que ele jamais a vira e expunha uma inscrição em latim que o menino nunca havia notado: *Memento Mori*.

— Lembrem-se de que somos mortais — sussurrou ele.

Osbert olhou para os nomes dos ex-professores, já gravados no mausoléu, prontos para seu eventual fim. O Diretor era um homem escrupulosamente organizado, e os tutores sempre davam aulas no Instituto até morrerem — logo, parecia inteligente acrescentar antecipadamente os nomes de todos ao túmulo. Até o nome do próprio Diretor havia sido gravado, decorado com folhas de ouro. O único nome que não estava na lista era o do bondoso Sr. Lomm, que havia sido substituído por uma placa limpa de ardósia cinza, apagando para sempre o tutor da lembrança de todos.

— Imaginei que você estaria aqui — disse uma voz calma.

Osbert se virou e viu Isabella.

— Oi — disse ele.

Isabella sorriu. A menina pulou no túmulo do marechal Biedermann e sentou-se, em silêncio, balançando as pernas para a frente e para trás.

Osbert não sabia o que dizer. Estava preocupado com a possibilidade de Isabella ler seu rosto, que ela pudesse ver instantaneamente que ele era o culpado pela morte do respeitado professor de violino. Por isso, sorriu, triste, e tentou parecer inocente:

— Foi uma pena o que aconteceu com o professor Ingelbrod.

— Você acha? — respondeu Isabella, sem um segundo de hesitação.

— Você não? — perguntou Osbert, curioso.

— Não — afirmou Isabella, antes de fazer uma pausa e bater com os pés contra o túmulo, pensativa. — Na verdade — continuou —, se todos os professores do Instituto morressem de forma horrível, eles só poderiam culpar a si mesmos, não é?

A menina virou-se e olhou diretamente nos olhos de Osbert, derretendo o coração do menino, apesar de o dia estar incrivelmente frio.

— E eu sei que você concorda comigo, Osbert.

Isabella abriu um sorriso estranho e saiu do túmulo num salto, cantarolando enquanto andava pelo cemitério e deixando Osbert sozinho com seus pensamentos sombrios.

Osbert, então, sentou-se no lugar em que estava a amiga, sobre a tumba do marechal Biedermann, e encarou o mausoléu que se erguia diante dele. E se algum acidente acontecesse com todos os seus ex-professores? Um acidente que fizesse com que se juntassem ao professor Ingelbrod dentro do grande mausoléu mais rápido do que a natureza havia planejado?

Osbert analisou o assunto com cuidado. A história de Schwartzgarten era inegavelmente sangrenta. Será que ele agravaria *muito* o problema se derramasse um pouco mais de sangue? Na verdade, não estaria enriquecendo a história da grande cidade?

Osbert considerou a possibilidade e sua mente viajou até ? professora de Química, a Dra. Zilbergeld. Se outro "acidente" tivesse que ocorrer, ele não conseguia pensar em ninguém que mais merecesse sofrê-lo.

Capítulo Oito

A DRA. ZILBERGELD era uma mulher grande, de cabelos pretos puxados para trás com tanta força que pareciam ter sido pintados em sua cabeça. O aroma pungente dos produtos químicos que ela misturava no laboratório a acompanhava por toda parte, impregnado em suas roupas, na pele, no hálito. O enxofre amarelara suas unhas; por isso, ela as escondia embaixo de uma espessa camada de esmalte vermelho.

Isabella encarou a janela da sala de aula da Dra. Zilbergeld e observou o pátio abaixo dela. Apesar de ter certeza de que o sol brilhava, a luz não passava pelos vidros sujos. Os únicos sinais de flora e fauna no pátio eram as ervas daninhas, uma mancha alaranjada de fungos e um magro rato cinzento que surgira da janela do porão que um dia pertencera ao Sr. Lomm. Isabella costumava pensar no que havia acontecido com o ex-professor. Mas, enquanto deixava a mente vagar pelos dias felizes em que o Sr. Lomm ensinava na escola, ela foi trazida de volta do mundo dos sonhos pelo horrível som agudo das unhas vermelhas da Dra. Zilbergeld arranhando o quadro-negro. Isabella virou-se imediatamente.

— Você — disse a Dra. Zilbergeld, apontando o dedo gordo para a menina. — Diga a resposta.

Isabella, entretanto, não podia pensar na resposta. Não ouvira a pergunta. Ela ficou sentada, muda.

— Diga alguma coisa! — vociferou a doutora.

Era como se todas as palavras tivessem sumido da cabeça da menina. A Dra. Zilbergeld bateu com o giz na mesa. Bateu com tanta força que ele se espatifou, formando uma nuvem de poeira. Depois, avançou para Isabella, agarrando-a por uma mecha de cabelos e puxando-a, aos gritos, até a frente da sala. A mulher parecia deliciar-se em torturar a pobre menina e já havia puxado tanto os cabelos dela que espaços carecas começaram se formar na cabeça de Isabella.

Já era hora, pensou a menina, de outro assassinato acontecer.

Quando Osbert encontrou Isabella no cemitério naquela noite, sob a lâmina afiada da foice da Morte, a menina segurava uma pequena caixa. Dentro dela havia uma mecha de cabelos amarrada com uma fita vermelha.

— São os *meus* cabelos — explicou a menina. — A Dra. Zilbergeld arrancou. Achei que você iria gostar. Assim, sempre vai pensar em mim.

— Eu sempre vou proteger você — afirmou Osbert, baixinho.

— Vou levar os nossos segredos comigo para o túmulo.

O garoto segurou a caixa com força. Nenhuma outra palavra foi dita entre os amigos. Nenhuma palavra era necessária. Osbert e Isabella concordavam, sem dúvida alguma: algo tinha que ser feito com a Dra. Zilbergeld.

Na tarde seguinte, enquanto os dois estavam sentados no café dos Myop, comendo biscoitos de gengibre e tomando suco de cranberry gelado, os dois observaram, fascinados, a Dra. Zilbergeld entrar na loja.

A Sra. Myop levou o carrinho de doces até a mesa da doutora. Ele quase grunhiu sob o peso das prateleiras prateadas e douradas repletas de doces. Havia tortas de chocolate, mil-folhas recheados de amoras brancas e creme, éclairs de café e uma brilhante torre de carolinas crocantes, pintadas com uma espessa cobertura de caramelo.

— Aquele ali — pediu a doutora, apontando para um gordo e dourado strudel de maçã e canela. — Quero aquele ali.

A Sra. Myop obedeceu, depois recuou para um lugar seguro, atrás do balcão da loja. Com um brilho da prata polida, a Dra. Zilbergeld cortou o strudel, demonstrando a técnica de um cirurgião enquanto dissecava o doce com o garfo de sobremesa. O caramelo estava crocante, mas não grudento, as maçãs, úmidas, mas não moles. No entanto, havia algo de errado. Ela suspirou e empurrou o prato para longe, limpando os cantos da boca com um guardanapo.

De repente, percebeu que Osbert a observava.

— Você, menino! Eu não conheço você? — coaxou.

— Conhece, Dra. Zilbergeld — respondeu Osbert.

— É claro — respondeu a doutora. — Você é aquele menino Mylinsky, não é?

Osbert sentiu como se o ar tivesse sido sugado dele. Como a Dra. Zilbergeld ousava confundi-lo com Milo Mylinsky?

— Não, a senhora está errada — respondeu Osbert, com orgulho na voz.

— Não me contradiga — retrucou a doutora. — Se eu disser que você é o Mylinsky, então é exatamente quem você é.

Osbert preparava uma resposta quando a Dra. Zilbergeld levantou-se da mesa e deixou a loja sem pagar a conta, os sapatos de couro vermelho batendo nos paralelepípedos.

O Sr. Myop balançou a cabeça.

— Ela nunca come um strudel inteiro. Isso parte o coração de qualquer confeiteiro.

— Mas vocês fazem o melhor strudel da cidade — disse Isabella.

— Não para a Dra. Zilbergeld. Nada se compara com a Fábrica de Strudels Oppenheimer.

A fábrica havia sido fechada alguns meses antes e, na opinião do Sr. Myop, fora nessa ocasião que o coração da Dra. Zilbergeld se tornara frio como aço. Ele mostrou a Osbert e Isabella um cartão-postal da fábrica e, no verso, a lendária receita do strudel de maçã e canela dos Oppenheimer.

A Dra. Zilbergeld morava numa casa própria, depois da Edvardplatz, próxima à Estação Ferroviária Imperial. Era um prédio alto, mas estranhamente estreito, com um cômodo em cada um dos seis andares. Muitas pessoas se perguntavam como uma casa tão fina podia conter uma mulher tão gorda.

Era esse pensamento que ocupava Osbert quando o menino começou a andar de volta para a Cidade Velha, depois de passar uma hora espionando a Dra. Zilbergeld de uma casa vazia do outro lado da rua e fazendo anotações em seu caderninho.

Na esquina da rua da Dra. Zilbergeld ficava o açougue de Oskar Sallowman. Desde a infância, Osbert era fascinado por aquele lugar. Adorava o cheiro, as cores, a oportunidade de ver o cutelo prateado brilhando nos cantos escuros do estabelecimento.

Em seu quarto aniversário, o garoto ganhara uma miniatura em madeira do açougue, com um pequeno cutelo de metal — não afiado —, uma balança que funcionava de verdade e pedaços de carne feitos com gesso pintado. Osbert ficava sentado o dia inteiro, brincando de cortar os pedaços de carne com o cutelo cego.

Oskar Sallowman, o açougueiro, era um homem grande, quase uma montanha. Ele caminhava como um gigante pelas ruas de paralelepípedos de Schwartzgarten, o hálito irrompendo em dolorosas respirações ofegantes.

— Ele come criancinhas — dissera a Sra. Mylinsky ao filho aterrorizado, Milo — e mói os ossos.

— Isso é bobagem — acrescentara o Sr. Mylinsky. — Ele come criancinhas com os ossos e tudo.

No entanto, Osbert nunca acreditara naquelas histórias. Afinal, se todos sabiam que o açougueiro comia criancinhas, por que a polícia nunca havia sido chamada?

Naquele dia, quando passou pelo açougue, Osbert percebeu uma placa na janela: *Preciso de aprendiz. Somente à tarde.*

O menino sorriu para a oportunidade inesperada que se apresentava. Trabalhar com o açougueiro daria a ele o disfarce perfeito para espionar a Dra. Zilbergeld e, o que quer que ganhasse, poderia ajudar a sustentar os pobres pais.

Passando pela enorme barata que saía, muito satisfeita, pela porta aberta, Osbert entrou no covil de Oskar Sallowman.

Era um açougue pequeno, que cheirava a sangue e gordura de galinha. Enquanto andava pelo chão coberto de serragem, Osbert passou por uma série de fileiras de galinhas depenadas, penduradas em linha reta em longas barras de ferro, presas no teto. Oskar Sallowman estava ao lado da tábua de corte, afiando as facas.

— O que você quer? — perguntou, olhando para Osbert com desconfiança.

— Boa tarde, Sr. Sallowman — disse o menino. — Vim falar com o senhor sobre o emprego.

O homem se remexeu. As veias nas laterais da grande cabeça careca pareceram pulsar enquanto o rosto já vermelho adquiria um tom rubro ainda mais escuro. Em seguida, o homem começou a rir, limpando as mãos no avental ensanguentado.

— Emprego! — rugiu, abaixando-se para olhar Osbert nos olhos. — Quantos anos você tem, garoto?

— Onze — respondeu o menino, acrescentando rapidamente: — Mas já vou fazer doze.

O Sr. Sallowman observou Osbert de perto, um hálito quente e ruidoso saindo de sua boca, rançoso de gordura de galinha e alho. O cheiro era tão forte que Osbert sentiu os olhos se encherem de lágrimas.

— Venha comigo — disse o grande açougueiro, andando até os fundos da loja.

Nervoso, Osbert o seguiu.

— Está com fome? — perguntou o homenzarrão.

— Estou — respondeu o menino, faminto.

— Você parece estar morrendo de fome — disse o açougueiro. Uma panela de canja borbulhava no fogão. Oskar Sallowman pegou uma concha, mexeu o caldo espesso e serviu duas tigelas do líquido fervente. — O que os seus pais acham de você se tornar auxiliar de açougueiro? — perguntou, entregando a Osbert a tigela de sopa e uma colher, depois de limpá-la no avental.

— Não perguntei a eles — respondeu Osbert.

— Vai ser o nosso segredinho? — perguntou o açougueiro.

— Vai.

Os dois sentaram-se e tomaram a sopa em silêncio, enquanto o açougueiro pensava no assunto. O menino era pequeno, mas estava disposto a trabalhar — isso era óbvio. E havia alguma coisa nos olhos dele, algo que convenceu Sallowman de que a cultura do açougue estava na alma de Osbert.

— Não vai ganhar muito — afirmou, por fim. — E gosto de meninos que aprendem rápido.

— Não vou decepcionar o senhor — respondeu Osbert.

—111—

— É melhor mesmo. — O açougueiro recostou-se na cadeira, tomou o restante da canja e limpou a tigela com uma casca de pão. — Você tem aula, eu imagino. Estuda com livros e essas coisas.

— Estudo — respondeu Osbert. — Mas só de manhã.

— O que vai dizer aos seus pais — perguntou Sallowman — se eu decidir dar o emprego a você?

Osbert pensou por um instante.

— Toda tarde vou dizer que vou dar um passeio pelo cemitério — explicou.

— E você costuma fazer isso? — perguntou o açougueiro com um sorriso.

— Costumo.

— Muito bem. Pode começar amanhã à tarde, assim que sua aula acabar.

<hr />

Osbert cumpriu sua palavra e aprendeu o trabalho rapidamente, varrendo o piso de serragem e esfregando o balcão de madeira. O sangue entrava em seus pulmões e embaixo de suas unhas. No fim de cada tarde, ele lavava as mãos na pia, observando o sangue formar uma espiral até o ralo. Então, Oskar Sallowman servia uma xícara de uma grossa canja para Osbert e, juntos, os dois sentavam-se na sala dos fundos e conversavam.

— Existe amor no ato de matar — afirmou o Sr. Sallowman uma tarde, enquanto abria a porta do galinheiro para observar as aves que piavam, entregues ao açougue naquela manhã. — Amor e ódio unidos num só.

Era um assassino de coração mole. Com suavidade, pegava as galinhas dos poleiros, esticava o pescoço dos bichos e cortava suas cabeças com um único golpe da lâmina de seu cutelo brilhante. Osbert observava, impressionado, enquanto Oskar Sallowman retirava filés das carcaças, separando a moela, o fígado e o coração, abastecendo seu negócio com uma eficiência brutal. Ele jogava as penas e as entranhas num barril em chamas num canto do quintal do açougue, enchendo o ar de uma fumaça negra espessa e sufocante. Assim, em menos de uma hora o jardim do açougue, antes repleto do som de aves esganiçadas, ficava num silêncio absoluto.

Naquele dia, o silêncio foi rompido pelo som furioso de um sino. Sallowman ergueu a cabeça e seus lábios se curvaram numa careta.

— Aquela mulher! — grunhiu, tirando as penas do avental e limpando as mãos sangrentas num pano úmido. Ele se arrastou até a loja.

Osbert seguiu Oskar Sallowman. Dentro do açougue, ao lado do balcão, encontrava-se a Dra. Zilbergeld. O ar estava tomado pelo perfume da doutora, Óleo de Flor de Lótus — o único aroma poderoso o bastante para encobrir o fedor sulfuroso dos produtos químicos de seu laboratório no Instituto. Nas mãos, ela trazia uma pequena caixa de papel.

— O que você quer? — perguntou Sallowman.

—113—

Sem dizer palavra, a Dra. Zilbergeld ergueu a tampa da caixa e mostrou um frágil mil-folhas de caramelo.

— E daí? — grunhiu Sallowman.

— Cheire! — exigiu a Dra. Zilbergeld.

As narinas de Oskar Sallowman estremeceram. Ele não podia sentir nada além do cheiro de carne de frango e do arome doce e enjoativo do Óleo de Flor de Lótus. Olhou sem entender para a Dra. Zilbergeld e deu de ombros.

As bochechas da doutora queimaram, adquirindo uma cor de geleia de cereja azeda, e ela sibilou, soando como uma tubulação de gás prestes a explodir.

— Frango! — rosnou a Dra. Zilbergeld. — Tem cheiro de *frango*! Frango e penas queimadas. Você está enchendo o ar desse cheiro e poluindo meus doces!

— Um homem tem que ganhar uma ou duas coroas para sobreviver — respondeu Sallowman, pateticamente.

— Esse homem não vai ganhar nem um centavo, muito menos uma coroa — grunhiu a Dra. Zilbergeld —, se estiver na rua. E é *exatamente* onde você vai estar se Anatole Strauss conseguir o que quer. Seus dias estão contados, Sallowman.

Ela tampou a caixa com o mil-folhas e saiu batendo a porta, deixando para trás o forte aroma de Óleo de Flor de Lótus.

— Coisas ruins deveriam acontecer com essa mulher — disse Sallowman enquanto fechava a loja e pagava Osbert pelo trabalho daquela tarde. — Que a vida dela na Terra seja curta.

Aquele era o mesmo desejo de Osbert. É claro, a Dra. Zilbergeld não era jovem e já vivera uma longa vida na Terra, mas Osbert estava determinado a fazer com que ela não ultrapassasse os limites da paciência alheia.

Naquela noite, sozinho em seu quarto em cima do açougue, Oskar Sallowman sentou-se para escrever uma carta. Ele queimava de ódio.

Dra. Zilbergeld, começou. *É você que polui o ar com o perfume fedorento que usa.* Ele sorriu. A carta estava indo bem. *Outra coisa*, continuou, apreciando cada palavra que se formava na folha, *fale comigo como falou hoje mais uma vez e eu vou destripá-la como um frango, sua galinha venenosa.*

Durante certo tempo, Osbert ficou feliz. O dinheiro que ganhava era cuidadosamente separado em dois potes, que escondia sob a tábua solta embaixo de sua cama. Num pote estava escrito *Mamãe e Papai*, e no outro, *Fundos para a Guerra*.

O aniversário de Osbert logo se aproximou, e os Brinkhoff, agora muito pobres, ainda estavam ansiosos para celebrar da melhor maneira que podiam. Começaram, então, a se perguntar que presente seria apropriado para marcar o dia especial.

— Do que você mais ia gostar? — perguntou a Sra. Brinkhoff.

— De uma roupa e uma capa de caça — respondeu Osbert. — Se não for muito caro.

Assim, no dia seguinte, o Sr. e a Sra. Brinkhoff levaram o filho até os alfaiates Hempkeller e Bausch.

— Bom dia — disse o Sr. Bausch. — Como posso ajudar?

— Daqui a duas semanas — explicou o Sr. Brinkhoff — o Osbert vai fazer 12 anos e ele nos pediu uma roupa de caça.

Os dois ouviram um chocalhar de argolas de bronze, e o Sr. Hempkeller apareceu de trás das cortinas de veludo do fundo da loja.

— Ah, Sr. Hempkeller — disse o Sr. Bausch. — Os pais do jovem Osbert Brinkhoff gostariam de oferecer a ele uma roupa de caça para seu décimo segundo aniversário.

— Muito bem, muito bem — respondeu o antigo alfaiate, educado. — Toda criança de valor deveria ter um traje de caça. Talvez de tweed Brammerhaus? Uma bela sarja verde combinaria com o pequeno Osbert Brinkhoff de forma *admirável*.

— Tem que ter bolsos — sussurrou Osbert para o pai. — Muitos bolsos.

— É claro — afirmou o Sr. Bausch. — O que é um traje de caça sem bolsos?

— Se o pequeno Osbert fizer a gentileza de subir aqui... — disse o Sr. Hempkeller, desenrolando uma longa fita métrica. — Ter que me agachar faz meus ossos estalarem.

Osbert subiu no balcão e esperou, pacientemente, enquanto o alfaiate tomava suas medidas.

— Não se esqueça dos bolsos, por favor — insistiu Osbert.

— Que tipo de travessura o pequeno Osbert está planejando? — perguntou o Sr. Hempkeller com um sorriso.

Educado, Osbert devolveu o sorriso.

Para pagar pelo traje, ficou decidido que a Sra. Brinkhoff iria procurar um emprego. O Sr. Brinkhoff havia melhorado um pouco e sentia-se capaz de cuidar de si mesmo durante a tarde, enquanto a esposa trabalhava meio-expediente como secretária na fábrica de cola. Era um lugar horrível de se trabalhar, e, toda noite, quando voltava para o apartamento de Babá, a Sra. Brinkhoff trazia consigo uma nuvem de vapores peçonhentos de cola, que a deixavam enjoada.

— É maravilhoso trabalhar lá — dizia ela, o rosto arroxeado e os olhos vermelhos.

— Você não parece bem, mamãe — respondia Osbert. — Está doente?

A Sra. Brinkhoff balançava a cabeça. Ela reunia toda a força que tinha e sorria.

— Estou bem — respondia. — E, mais do que isso: estou feliz. O Sr. Lindersoll diz que sou a cola que mantém a fábrica unida.

É claro que aquilo não era verdade. A mulher odiava cada segundo que passava tentando ver através da névoa de cola enquanto datilografava cartas para o grosseiro Sr. Lindersoll, que sempre demorava para elogiar seus infelizes empregados, mas encontrava problemas neles com muita velocidade.

No entanto, a Sra. Brinkhoff mantinha suas opiniões para si mesma e, diariamente, dizia ao filho o quanto adorava seu trabalho, como o Sr. Lindersoll podia ser bondoso e gentil e como o fedor da cola era doce como um perfume. A mulher amava o filho; por isso, mentia para ele, esperando deixá-lo feliz.

———•———

Quando Osbert acordou no dia de seu décimo segundo aniversário, havia um pacote embrulhado em papel pardo esperando por ele na mesa da cozinha. Babá fez panquecas e chocolate quente enquanto Osbert desembrulhava o presente. Ele sorriu.

— Meu traje de caça! — Ele beijou a mãe e o pai e saboreou o café da manhã, esfomeado.

Naquela tarde, enquanto Osbert varria a serragem e as penas de galinhas do açougue de Oskar Sallowman, o açougueiro chamou-o até a sala dos fundos.

— Feliz aniversário, Osbert — disse Sallowman, mostrando um pequeno pacote embrulhado em jornal e colocando-o nas mãos do menino. — Abra, garoto.

Os dedos ágeis de Osbert rapidamente rasgaram o papel e, dentro do pacote, ele descobriu um pequeno cutelo, tão pequeno que podia ficar escondido no punho fechado do menino. Era um lindo cutelo, um instrumento brilhante, que refletia a luz da pálida bola amarela de sujeira que se mantinha acima dos telhados e dizia ser o sol da triste cidade de Schwartzgarten.

Oskar fechou o açougue, e Osbert voltou para casa para jantar o suflê de ovos de pata de Babá. Os Brinkhoff não podiam pagar por um bolo, então, sentaram-se à mesa e compartilharam uma sacola de caramelos salgados. Naquela noite, enquanto todos na casa dormiam, Osbert ficou de pé no quarto, admirando-se em frente ao espelho. O traje de caça era mais lindo do que ele podia ter ousado imaginar. Tinha ganhado botas de couro marrom, um traje de sarja verde e a nova capa de caça. E o mais importante: a capa e o traje eram cheios de bolsos.

Osbert pegou o novo cutelo e o levou à luz, observando-o refletir raios prateados nas paredes e no teto. Abrindo um dos bolsos da capa de caça, ele guardou o cutelo com cuidado.

O menino sorriu. Chegara a hora de Osbert pôr seus planos em ação.

Capítulo Nove

NO SÁBADO seguinte, de manhã, Osbert abriu seu mapa de Schwartzgarten. Ali, no limite sul da cidade, marcadas em tinta preta, estavam as palavras: *Fábrica de Strudels Oppenheimer.*

O sol brilhava num tom alaranjado no céu frio e cinza quando Osbert abriu caminho pela multidão, correndo para o fim da rua Anheim, onde comprou o bilhete de bonde para o bairro industrial de Schwartzgarten.

Foi muito fácil encontrar a antiga fábrica, com seu telhado de vidro e seu silo de maçãs. As portas estavam trancadas e as janelas, cobertas. Osbert tirou um alfinete do seu bloquinho e o inseriu no cadeado do portão da fábrica. Remexeu o alfinete com cuidado, e o cadeado se abriu, caindo no chão com um ruído alto. O menino atravessou o pátio da fábrica e, com cuidado, entrou no imóvel deserto, passando entre uma placa de aço enrugado solta e uma janela.

Dentro da fábrica, só havia escuridão. Osbert sorriu. A máquina automática de fabricação de strudels estava parada, exatamente como aparecia no cartão-postal que o Sr. Myop havia mostrado, preservada atrás de uma porta trancada.

— Pode me ensinar a fazer strudel de maçã? — perguntou Osbert.

— Por quê? — perguntou Isabella, desconfiada.

— Porque quero aprender — respondeu ele.

Isabella terminou de varrer o chão da loja de doces do pai.

— O que vou ganhar com isso? — indagou.

— Serei seu amigo mais fiel até estarmos mortos e enterrados — declarou Osbert.

Isabella franziu a testa.

— Quis dizer que tenho que ganhar alguma coisa em troca. Como chocolates.

— Não tenho nenhum chocolate — explicou o menino.

— Então vai ter que ficar me devendo — retrucou Isabella, os olhos brilhando com a perspectiva.

Osbert observou a menina pesar a manteiga e a farinha e começar a trabalhar, sovando e abrindo a massa até formar folhas elegantes e finas como papel, do jeito que o pai lhe ensinara.

— Eu me pergunto se outra morte vai acontecer por esses tempos — disse a menina inocentemente, enquanto retirava as sementes das maçãs, picava as frutas e espalhava os pedaços pela massa amanteigada.

— Pode acontecer — respondeu Osbert. — Acho que vamos ter que esperar para descobrir.

Isabella deu uma risadinha, dobrando a massa do strudel e cortando-a habilmente com uma faca.

— Acho que coisas ruins acontecem com pessoas ruins — afirmou a menina.

— Acho que você está certa — concordou Osbert.

Isabella abriu a porta do forno e pôs o strudel dentro dele.

— Mas e os ingredientes? — perguntou Osbert. — Vou precisar de farinha, maçãs e outras coisas. Se eu quiser fazer um strudel sozinho.

— Você quer fazer um strudel? — perguntou Isabella.

Osbert confirmou com a cabeça.

— Muito mais do que isso — respondeu.

Isabella sorriu.

— Vou pedir ao meu pai para encomendar mais ingredientes.

— O que vai dizer a ele? — perguntou Osbert.

— Não sei. Que vou fazer strudels para os coitadinhos que estão no Reformatório de Schwartzgarten para Crianças Desajustadas.

— Isso não é roubo? — indagou Osbert.

Isabella deu de ombros.

— Acho que não.

Mas Osbert não se convenceu.

— Ele vai acreditar em você? — perguntou, em dúvida.

— Meus pais acreditam em tudo que eu digo — respondeu Isabella, sorrindo.

Durante uma semana, Osbert sentou-se todas as noites à mesa de seu quarto, estudando diagramas complicados da máquina de fabricação de strudels, fazendo em seu bloquinho desenhos detalhados de engrenagens e porcas, manivelas e polias. E, pouco a pouco, o conhecimento do menino foi aumentando.

Isabella cumpriu a palavra. Os ingredientes chegaram duas semanas depois. Os Myop ficaram encantados ao descobrir que a filha estava dedicando seu tempo à caridade.

Quando se deitou, dando uma última mordida num gordo folheado de cereja, coberto de deliciosas bolinhas de marzipã, a Dra. Zilbergeld fez uma anotação no diário da aula. Na manhã seguinte, estava decidida a tornar a vida de Isabella Myop ainda mais insuportável que de costume. Era um pensamento feliz, e a doutora sorriu para si mesma, limpando as últimas migalhas de doce nos cantos da boca. A mulher percebera que a menina estava se tornando ainda mais alheia à medida que as semanas passavam, o que sugeria que Isabella tinha uma centelha de imaginação perigosa. Se havia uma coisa que a doutora realmente odiava eram crianças com imaginação. Enquanto se ajeitava na cama, prendendo as cobertas em torno do pescoço gordo, ela se imaginou puxando os cabelos de Isabella com tanta força que a cabeça da menina se separava do pescoço. A mulher sorriu, sonolenta, e começou a roncar.

A professora já dormia havia pouco mais de duas horas quando foi acordada repentinamente por uma batida na janela. Ela sentou-se na cama e escutou. Alguém estava jogando pedras no vidro. A mulher pulou da cama e correu para a janela. Não pôde ver ninguém na rua. Mas ouviu outra batida. A pedra parecia estar presa ao vidro, contrariando as leis da gravidade.

Numa análise mais próxima, pôde ver que não era uma pedra, e sim um bolinho de marzipã dourado. Vestindo o penhoar e calçando os chinelos, ela correu para fora e abriu a porta da frente. Aos seus pés, havia uma caixa de papelão branco enrolada com um laço de fita preta. Quando puxou a fita, um aroma delicioso pareceu escapar de dentro da caixa. Era um cheiro de que se lembrava bem. Um aroma doce de folheados amanteigados frescos e de maçãs assadas. A Dra. Zilbergeld ergueu a tampa e viu um pedaço gordo de strudel de maçã, daqueles de dar água na boca, com uma cobertura molhadinha de açúcar e canela. A massa era leve e crocante e, quando a mulher deu a primeira mordida, o strudel se dissolveu em sua língua. A Dra. Zilbergeld fechou os olhos e suspirou, entusiasmada. Devorando rapidamente cada pedaço delicioso e açucarado do doce, ela descobriu uma mensagem no fundo da caixa. Escritas claramente em tinta vermelha estavam as palavras: *A Fábrica de Strudels Oppenheimer tornou a abrir e convida a Dra. Zilbergeld para uma visita.*

A doutora voltou correndo para dentro de casa para pegar o chapéu, o casaco e as luvas de couro vermelho.

Eram duas da madrugada, e as ruas de Schwartzgarten estavam silenciosas enquanto a professora corria pelas avenidas e becos desertos. Ela passou pela Estação Ferroviária Imperial e andou na direção do distrito industrial da cidade. Ofegante, sua respiração assobiou enquanto ela subia a colina. A distância ficava a inconfundível sombra da Fábrica de Pasta de Anchova Biedermann, com a grande anchova dourada pendurada no portão de entrada.

As luzes dos postes iluminavam mal o lugar, mas ali, à frente dela, no pé da colina, estava o imóvel que a mulher voltara a visitar em seus sonhos, com os enormes muros de tijolos e o gigantesco telhado de vidro. A Fábrica de Strudels Oppenheimer.

A Dra. Zilbergeld quase correu pela colina de tanta animação. Passou a toda velocidade pelos portões abertos e pelo pátio da fábrica. Acima dela estava o silo de madeira, cheio de maçãs, parcialmente coberto por uma nuvem de fumaça que saía da chaminé comprida da fábrica e parecia se solidificar numa enorme bolsa cinzenta no ar frio da madrugada. Não havia dúvidas: a fábrica voltara a funcionar. Pendurada na porta estava uma placa recém-pintada: *Dra. Zilbergeld, a Fábrica de Strudels Oppenheimer sente-se muito honrada com a sua visita. Esperamos de todo o coração que a senhora esteja com muita fome.*

No entanto, não havia ninguém para recebê-la. Ninguém atendeu quando ela bateu à porta. A fábrica estava silenciosa, com exceção do sibilar distante do maquinário dentro dela.

— Que tipo de recepção é essa? — murmurou a doutora, baixinho.

Empurrando a porta, ela percebeu que se abria com facilidade. Ouviu um barulho de algo fugindo no escuro.

— Ratos — cuspiu. — Criaturinhas nojentas...

A Dra. Zilbergeld sacudiu a porta interior, morrendo de medo de os ratos chegarem aos doces antes dela. Os pulmões da mulher estavam tão impregnados do aroma de maçã e canela que ela achou que fossem explodir. Uma luz passava pela porta da fábrica, e a doutora sacudiu a maçaneta freneticamente, desesperada para entrar. Quando colocou todo o seu peso contra a porta, ela conseguiu abri-la. E que visão maravilhosa a recebeu. Era como se os relógios tivessem girado para trás e a Fábrica de Strudels Oppenheimer nunca tivesse fechado. Os pistões sibilavam e batiam, movimentando o enorme maquinário no andar da fábrica. Maçãs caíam do enorme silo de madeira antes de serem lavadas e fatiadas, misturadas com temperos e açúcar e postas em folhas finas de massa de strudel. A Dra. Zilbergeld bateu palmas e gritou, animada. No entanto, enquanto o grito ainda era levado e ecoava de volta, através do enorme prédio, a mulher percebeu que algo estava errado. Encontrava-se totalmente sozinha na fábrica.

— Olá? — gritou. — Aqui é a Dra. Zilbergeld. É dessa maneira que vocês tratam os seus convidados especiais? Mostrem-se agora! — A mulher ouviu um barulho de algo correndo pelo chão, atrás dela. — Ratos — cuspiu. — Há ratos em todo lugar!

Entretanto, ela estava enganada. Não havia ratos. Era apenas Osbert, silenciosamente prendendo um gancho de ferro ao cinto do casaco da Dra. Zilbergeld.

Antes que pudesse dizer mais alguma coisa, a doutora sentiu que estava sendo erguida do chão. Olhou para cima horrorizada e viu que estava pendurada numa corda que a puxava rapidamente para a escuridão do silo de maçãs, bem acima das máquinas de strudel. A polia rangeu e grunhiu enquanto Osbert erguia a doutora, levando-a para a torre de madeira com o guincho mecânico.

— O que está acontecendo? — gritou ela. — Quem está fazendo isso? Pare agora ou irá se arrepender!

Mas ninguém respondeu.

Muitos pensamentos sombrios zumbiram pela cabeça da Dra. Zilbergeld enquanto ela era içada. Será que a pessoa que a atacava a deixaria cair e morrer no chão de concreto? Será que ficaria suspensa na torre até morrer de fome? A corda deu um puxão elástico quando a polia parou, guinchando. As portas do silo deslizaram até o ponto abaixo dos pés soltos da doutora.

Todos os dias, assim que terminava o trabalho para Oskar Sallowman, Osbert atravessava a cidade de Schwartzgarten até onde o bonde o levava. Depois, andava até a Fábrica de Strudels Oppenheimer para visitar a Dra. Zilbergeld, suspensa na corda, dentro do silo de maçãs.

O silo era tão alto que ele saía pelo telhado de vidro da fábrica. Era também tão largo quanto um bonde é longo. Osbert tinha que subir uma escada para observar sua prisioneira através de uma pequena escotilha na lateral da torre. E, toda tarde, enquanto a Dra. Zilbergeld balançava na escuridão, a porta de madeira da escotilha se abria, rangendo. Então, uma colher surgia, amarrada à ponta de uma enorme bengala. Era a maneira mais fácil de Osbert alimentar a doutora. Da escuridão do silo, a Dra. Zilbergeld não podia ver o rosto do menino, enquanto ele a entupia de strudels.

Havia uma variedade infinita de strudels e, às vezes, bolinhos de cereja, torta de chocolate e folheados açucarados e crocantes. A Dra. Zilbergeld não podia resistir àqueles doces suculentos. E, enquanto Osbert alimentava a doutora, ele recitava o versinho que Babá repetia toda noite, no jantar:

"Uma colher para mim,
Duas colheres para ela,
E lá se vai a comida,
descendo pela goela."

A cada colherada que comia, a Dra. Zilbergeld se tornava um pouco mais gorda. Osbert alimentou a professora até ela se tornar tão gorda que a corda começou a grunhir e se esticar sob o enorme peso.

Capítulo Dez

A TEMPERATURA havia caído. A delegacia de polícia estava fria como uma casa de gelo, e o Inspetor, sentado, encolhido, à mesa, aquecido apenas pelo calor fraco de um antigo aquecedor elétrico. Ele estava preocupado. O que havia acontecido com a Dra. Zilbergeld? Esperava que a inspiração o ajudasse, mas ela não veio em seu socorro. Seu cérebro estava dormente por causa do frio.

As pessoas começavam a se perguntar se o Inspetor de Polícia era capaz de enfrentar o desafio de encontrar a professora. Se ele não conseguira chegar ao assassino do professor Ingelbrod, que esperança poderia haver para a Dra. Zilbergeld? A mulher do Inspetor estava com tanta vergonha do marido que o expulsara de casa e trocara a fechadura. Por causa disso, ele tivera que ir dormir no sofá surrado e barulhento do escritório, com um pouco mais de conforto que os prisioneiros nas celas abaixo dele.

— Eu acho — disse, levantando-se da cadeira e acendendo um charuto — que deveríamos fazer outra visita à casa da Dra. Zilbergeld. Vamos ver se deixamos escapar alguma coisa.

Entretanto, uma nova busca cuidadosa na casa da doutora não trouxe novas pistas.

— Talvez ela tenha saído de férias — sugeriu o Guarda.

O Inspetor abriu o armário da Dra. Zilbergeld.

— Mas todas as roupas dela estão aqui — suspirou. — Acho que é hora de trazer o Massimo

Temeroso, o Guarda foi até a rua, abriu a viatura e desapareceu dentro dela. Um rosnado alto pareceu balançar o veículo, e todos ouviram um grito do Guarda, que apareceu arrastando uma longa corrente. Na ponta dela estava um dobermann preto como a noite, com o nome *Massimo* gravado na pesada coleira de ferro.

O cachorro tornou a rosnar e tentou morder os tornozelos do Guarda.

— Siga o cheiro, menino — sussurrou o Inspetor, fazendo carinho atrás da orelha de Massimo e mostrando a ele um dos casacos da Dra. Zilbergeld. O cachorro parou de abanar o rabo e uivou enquanto inspirava o aroma enjoativo do Óleo de Flor de Lótus.

Massimo não tinha nenhum interesse em seguir um cheiro tão horroroso. Em vez disso, levou o inspetor e o Guarda para o parque, onde correu, feliz, cheirando os postes.

<hr />

A Dra. Zilbergeld não parava de comer. Cada bocado de strudel de maçã que ela engolia parecia ainda mais delicioso que o anterior, e agora já havia quase adquirido a forma de uma maçã.

Foi na segunda semana que a corda começou a ceder. Todos os dias, Osbert fazia anotações em seu bloquinho sobre o estado da corda: quantos fios haviam se soltado, como o aumento do peso da Dra. Zilbergeld a esticara. Quanto mais a doutora comia, mais a corda se desgastava. No entanto, a mulher não podia fazer nada para se salvar. Sabia que, se não comesse o strudel, com certeza morreria de fome, e não tinha nenhuma intenção de morrer assim.

Então, no décimo terceiro dia, o peso se tornou grande demais para os últimos fios de corda desgastados. Osbert chegara cedo com uma nova leva de doces frescos. Ele subiu a escada e estava se preparando para abrir a escotilha na lateral do silo quando ouviu um gemido desesperado e uma série de batidas altas. Ao erguer a escotilha, ficou surpreso ao ver a Dra. Zilbergeld ainda suspensa, tentando correr em torno do interior do silo, como um ciclista num velódromo. De início, Osbert não entendeu por que ela estava fazendo aquilo. A professora nunca havia demonstrado nenhum interesse por exercícios. Depois, ele percebeu que a Dra. Zilbergeld só estava presa por um único fio de corda. Ela havia conseguido se balançar até a parede de madeira do silo e, ao correr pela faixa de ferro que cercava a circunferência da torre, estava diminuindo o peso na corda, que se afrouxava e não estava mais esticada. Ainda assim, tudo que a mulher podia fazer era correr — a faixa de ferro não era larga o bastante para que ela ficasse de pé, e a calamidade seria inevitável se ela perdesse o equilíbrio, já que um puxão repentino na corda, sem dúvida, arrebentaria o último fio. Osbert estava impressionado. Não havia imaginado que a doutora fosse tão engenhosa. Por um instante, quase sentiu pena da mulher, mas depois lembrou-se de Isabella e dos tufos de cabelos que a Dra. Zilbergeld havia puxado da linda e perfeita cabeça da amiga. O menino deixou a escotilha se fechar e correu até o piso inferior.

O desastre era inevitável, e ele aconteceu no seu devido tempo. Alucinada por causa do excesso de exercícios e de strudels, a Dra. Zilbergeld imaginou que estava se transformando numa enorme ave. Ela esticou os braços e bateu-os, esperando alçar voo e chegar ao telhado do silo de maçãs, onde arrebentaria os caibros e voaria para casa. Mas, enquanto refletia sobre aquele pensamento maravilhoso, perdeu o equilíbrio, escorregou da parede e ficou balançando no meio do silo. A mulher esticou os braços freneticamente, tentando se agarrar às paredes, mas aquilo apenas a fez girar ainda mais na ponta da corda. E quanto mais rápido ela girava, mais a corda se desgastava, até que, por fim, fazendo o barulho de um elástico que se arrebenta, a corda se partiu, exatamente como Osbert planejara. A Dra. Zilbergeld soltou um grito agudo enquanto mergulhava da torre, quebrando as frágeis portas da abertura abaixo dela como se fossem biscoitos de açúcar e caindo na bem polida calha de maçãs, que ficava exatamente abaixo do silo de madeira. Enquanto escorregava pelo metal liso e espelhado, a mulher quis diminuir a velocidade da descida, tentando desesperadamente prender os sapatos na lateral da calha. Só que o metal estava tão bem polido que ela continuou caindo rapidamente na direção da esteira, onde ela despencou, formando um montinho de carne trêmula. Ali, ao lado da grande máquina, estava Osbert.

— Você — acusou a Dra. Zilbergeld, sem fôlego.

Osbert fez que sim com a cabeça.

— O pequeno Milo Mylinsky.

— Não — respondeu Osbert, paciente. — Meu nome é Brinkhoff. Osbert Brinkhoff.

A Dra. Zilbergeld encarou o menino, sem entender.

— Eu conheço você?

Osbert sentiu o sangue subir à cabeça. Lutou para conter a raiva.

— Conhece, Dra. Zilbergeld. Eu fui aluno do Instituto. Então, vocês não quiseram me entregar o Violino de Constantin e eu fui expulso.

— Ah — grunhiu a doutora. — É claro. Estou me lembrando agora.

— E a senhora foi cruel com Isabella Myop. Arrancou tufos dos cabelos dela.

— Ela não devia ter cabelos tão compridos, não é? — rosnou a Dra. Zilbergeld. — Mas já chega disso. — Esfregou as mãos, vitoriosa. — Agora, Brinkhoff, se é que esse *é mesmo* o seu nome, você vai comigo até a delegacia.

Osbert apertou um botão. As engrenagens da máquina de strudels começaram a girar e roçar-se silenciosamente. O maquinário estava voltando à vida.

— O que... o que está acontecendo? — cuspiu a Dra. Zilbergeld.

Ela tentou levantar-se — tentou, mas não pôde. A esteira começou a se mexer, fazendo-a cair de costas e jogando-a num enorme tonel de metal: o cozedor de maçãs. Enquanto o tonel revolvia lentamente, a doutora foi ensopada com jatos de água quente e ficou vermelha como uma cereja, em meio às nuvens de vapor. Ela gritou quando um braço rotativo, cheio de pequenas lâminas giratórias, desceu lentamente, cortando, descascando e despedaçando as maçãs. As lâminas não eram afiadas o bastante para matar a doutora, mas arranharam sua pele e arrancaram suas roupas. Com um sibilar dos pistões, uma abertura se abriu no fundo do tonel e a Dra. Zilbergeld foi jogada numa enorme bacia de metal, duas vezes maior e três vezes mais profunda que o tonel anterior. Osbert subiu a escada e lançou alguns punhados de maçãs, que choveram sobre a doutora.

— Venha me tirar daqui, garoto! — gritou ela, levantando-se desajeitadamente.

— Não — respondeu Osbert, puxando uma alavanca.

Enquanto tirava pedaços de maçã dos cabelos, a Dra. Zilbergeld ouviu um grunhido agourento do maquinário. Olhou para cima exatamente no instante em que uma onda de manteiga derretida caía na bacia, vinda de um enorme balde de alumínio, inundando tudo, inclusive seu largo traseiro. A Dra. Zilbergeld mal se recuperara daquela indignidade quando foi coberta por uma chuva apetitosa de açúcar e passas, canela, raspas de limão e amêndoas moídas. A bacia começou a rodar, misturando os ingredientes para o recheio do strudel. A Dra. Zilbergeld foi jogada de um lado para o outro, até que, com um puxão repentino para cima, a bacia foi erguida e virou de lado, depositando o conteúdo novamente na esteira. A faixa móvel estava mais macia que antes e parecia afundar quando a Dra. Zilbergeld tentou se arrastar, apoiada nas mãos e nos joelhos. A mulher espirrou e desapareceu por um instante numa nuvem de farinha. De repente, tudo ficou claro para a doutora. Ela havia parado no meio de um grande quadrado de massa, já grudento por causa da geleia de damasco. Então, um grande cobertor de massa foi jogado de cima, e a Dra. Zilbergeld soltou um berro abafado. Estava ficando presa a ele por causa da ação do rolo de massa mecânico, um enorme cilindro de aço bem polido. Os braços da mulher se debatiam enquanto ela rasgava a massa, abrindo um buraco para tentar respirar.

— Brinkhoff! — berrou ela, quando a cabeça emergiu debaixo do véu de massa.

Limpando o açúcar e a manteiga dos olhos, a mulher percebeu um leve brilho prateado no fim da esteira rolante.

— O fatiador de strudels! — arquejou ela.

— É — respondeu Osbert. — O fatiador de strudels.

— Por favor, me ajude! — gritou a doutora enquanto era levada rapidamente pela esteira.

Mas não havia ninguém que pudesse ajudá-la. Apenas Osbert Brinkhoff, que não tinha nenhuma intenção de fazer isso. O menino observou solene a Dra. Zilbergeld, enquanto ela era arrastada pela esteira rolante na direção dos dentes do fatiador de strudels.

— Você vai para o inferno! — gritou a doutora.

— Talvez — observou Osbert, calmo. — Mas você vai chegar lá primeiro.

A Dra. Zilbergeld havia soltado seus braços e a cabeça da mortalha de massa e fez um valente esforço para se arrastar para longe das lâminas que rapidamente se aproximavam, brilhando como prata à luz do dia — que inundava o local através do enorme teto de vidro da fábrica.

No entanto, a ponta rasgada do casaco, que batia ao vento, se prendera nas engrenagens da máquina, que puxava a massa, trazendo-a centímetro a centímetro para si, na direção das lâminas giratórias do fatiador de strudels.

Osbert ficou impressionado com a demonstração repentina de rapidez da doutora, que tirou o braço do casaco, tentando escapar antes que os dentes de ferro das engrenagens a prendessem e esmagassem seus dedos. A mulher ergueu a mão, triunfante, o rosto coberto de açúcar e suor. Osbert observou, horrorizado, a professora se virar para encará-lo.

— Está vendo? — rosnou a Dra. Zilbergeld. — Estou livre. Agora você vai ver só!

Entretanto, o triunfo da doutora evaporou num piscar de olhos. Como se estivesse fazendo um enorme esforço, a máquina rugiu e gritou, e as engrenagens giraram lentamente, prendendo a outra manga do casaco enquanto puxava a massa. Mais uma vez a professora tentou se soltar rapidamente, mas era tarde demais. Seu destino estava selado. Enquanto a mulher se debatia e lutava para se libertar, sua saia também ficou presa no maquinário, arrastando-a para a boca do fatiador industrial, que tudo abraçava. Por um instante, pareceu que as lâminas não seriam páreo para o peso monumental da Dra. Zilbergeld. As engrenagens rangeram e grunhiram. Pareciam estar perdendo a força. Mas, pouco a pouco, a mulher foi devorada pela máquina, até que tudo que se podia ver eram as pontas dos sapatos de couro vermelho. Osbert ouviu um único grito aterrorizante, e nada mais.

— Muito bem, Massimo — disse o Inspetor de Polícia quando o dobermann parou, babando, do lado de fora da Fábrica de Strudels Oppenheimer.

O Guarda estava apoiado contra o muro, sem fôlego, a respiração assobiando, asmática.

— Deve ser aqui — continuou o Inspetor, jogando para Massimo o bife que incentivara o cachorro a seguir o cheiro da professora. — O que quer que tenha acontecido com a Dra. Zilbergeld, aconteceu aqui.

O Inspetor não esperava encontrar a Dra. Zilbergeld viva, mas pelo menos queria descobrir a mulher em um único pedaço. No entanto, a doutora havia sido cortada em muitas *centenas* de fatias — um nariz aqui, um dedo ali —, todas enroladas com uma deliciosa massa dourada, salpicada com canela e açúcar de confeiteiro.

— Parece que ela escreveu alguma coisa, Inspetor — afirmou o Guarda, apontando para a parede de tijolinhos acima da esteira da máquina de strudels. — Isso foi feito rapidamente, mas a palavra foi escrita claramente para que todos vissem.

— A pobre coitada ia ser cortada em pedacinhos pelo fatiador de strudels — disse o Inspetor. — Acho que podemos perdoar a letra feia dela.

O Guarda baixou a cabeça, como se pedisse desculpas, e Massimo aproveitou o momento para morder com força a parte traseira da perna do homem.

— Quieto! — pediu o Inspetor quando o grito do Guarda se ergueu e preencheu toda a fábrica cavernosa. — Parece que a palavra foi escrita com geleia. — Ele passou o dedo na parede, tirando um pouco da compota grudenta, e provou. — Damasco. — Estalou a língua, pensativo.

— Mas o que isso significa? — perguntou o Guarda, olhando para as faixas de geleia e massageando a perna. — *OS?*

— Eu acredito que sejam iniciais — respondeu o Inspetor. — Talvez nossa mente maligna esteja ficando descuidada. — Ele sorriu. — E ninguém gosta de um assassino descuidado. Ela é toda sua — disse, acenando para o Legista, que esperava pacientemente na sombra, com um balde na mão.

<hr>

Na manhã seguinte, durante o café da manhã, Osbert sentou-se para ler *O Diário de Schwartzgarten*. A primeira página trazia uma foto da Dra. Zilbergeld e, abaixo dela, a manchete: PROFESSORA ASSASSINADA DEIXA PISTA VALIOSA, ESCRITA COM GELEIA DE DAMASCO.

Osbert dobrou o jornal e lentamente bebeu seu copo de suco de cranberry. Não podia acreditar que tinha sido distraído o bastante para dar à polícia uma pista tão importante. Estava determinado a nunca mais cometer um erro daquele.

Naquela noite, Osbert saiu do apartamento com uma caixa de madeira bem presa embaixo do braço. Andou pela rua que margeava o lado norte do rio Schwartz, escondendo-se nas sombras sempre que ouvia vozes ou via um policial de passagem. Foi até a ponte Grão-Duque Augustus e abriu a caixa. Dentro dela estavam as ferramentas usadas em sua empreitada secreta — entre elas, o rolo de corda de violino que havia usado para amarrar o professor Ingelbrod à cama de ferro, o manual de instruções que lera para consertar a máquina de fabricação de strudels e um de seus antigos bloquinhos de anotações. Todos eram provas, e tudo neles o incriminava.

À luz das lâmpadas, Osbert ergueu a caixa de madeira até o parapeito da ponte e a empurrou para o rio, observando enquanto o objeto era jogado de um lado para o outro pelas águas agitadas antes de ser varrido na direção da floresta, além de Schwartzgarten.

O Legista levou os três dias seguintes para reunir os pedacinhos ensanguentados da Dra. Zilbergeld na fábrica de strudels. No atestado de óbito, escreveu: *Fatiada e assada.*

Protegido pela escuridão, o Legista levou os pedaços para a funerária em 18 baldes de metal, acomodados no porta-malas do carro fúnebre. Dirigiu com cuidado pelos paralelepípedos para evitar que o conteúdo derramasse.

Depois de duas semanas trabalhando até tarde da noite, Schroeder fez o que foi possível para costurar os pequenos fragmentos do corpo da Dra. Zilbergeld de volta. Mesmo que muitas partes ainda estivessem faltando, o corpo era tão pesado que, quando foi levado para o carro fúnebre, o motor não quis dar partida — apenas cuspiu e parou, provocando um vazamento de óleo que formou uma poça gosmenta sobre os paralelepípedos. Para resolver o problema, o Diretor fez com que uma legião de trinta meninos carregasse o corpo da Dra. Zilbergeld para o mausoléu.

O cheiro de maçã e canela que saía do caixão era tão forte que todos os meninos juraram nunca mais comer outro bocado de strudel na vida. A procissão foi seguida por um bando de viralatas, que uivavam selvagemente e lambiam todas as gotas de calda de strudel que pingavam de dentro do caixão.

A Dra. Zilbergeld era uma mulher má e violenta, mas seu funeral teve a presença de muitos cidadãos de Schwartzgarten. As pessoas não compareceram por pena, mas por alívio. Estavam ansiosas para ver a doutora enterrada em seu último local de descanso.

Isabella Myop viu as portas do mausoléu serem seladas. Seus olhos passeavam pelas pessoas reunidas, em luto — parecia estar faltando alguém. Onde se encontrava Osbert Brinkhoff? Isabella tivera certeza de que o amigo estaria no funeral. Mas não havia sinal do menino.

Enquanto a multidão saía do cemitério e um formigueiro passava pelo Portão das Caveiras, Isabella quase foi pisoteada pelo mar de pessoas. Pôde sentir a vida se esvair quando estava sendo esmagada. No entanto, enquanto lutava para manter o equilíbrio, a menina sentiu alguém estender a mão e colocar um envelope entre as suas. Não pôde identificar quem era, mas teve a certeza de ter visto um flash de uma capa de caça verde enquanto a figura se afastava, engolida pela multidão.

Isabella começou a andar para casa. Ao cruzar a ponte Princesa Euphenia, ela parou para examinar o misterioso envelope. Na frente, escritas numa letra pequena, mas elegante, havia apenas duas palavras: *Uma lembrança.*

Ao abrir o envelope, Isabella descobriu um pedaço de massa crocante de strudel. A menina sorriu, entendendo, e continuou a caminho de casa.

Foi irritante para Osbert ler todo *O Informante* e *O Diário de Schwartzgarten* no dia seguinte. Ninguém havia chegado à conclusão de que um gênio era o responsável pelos assassinatos. O menino estava determinado a consertar aquele erro. Uma noite, quando tentava esquecer tudo que estava pensando sobre o Instituto, Osbert pegou um livro de contos que tomara emprestado com Babá e começou a ler uma das histórias. Ela atiçou a sua imaginação: *Wenceslas Wedekind, o Cavalheiro Envenenador.*

Wenceslas era um assassino alto, elegante e engenhoso, que carregava uma mala de couro surrada, contendo frascos dos mais poderosos venenos conhecidos pelo homem. Depois de despachar cada uma de suas vítimas (e eram muitas), Wenceslas deixava um cartão de visitas para seu arqui-inimigo, o detetive Dürnstein.

— Ah — murmurava o detetive, tirando o cartão do bolso de outro cadáver. — O Cavalheiro Envenenador atacou de novo.

Osbert sorriu e saiu da cama. Entrou em silêncio na sala de estar, onde Babá roncava ruidosamente no sofá, enrolada num cobertor. Abriu uma gaveta sem fazer barulho e tirou a caixinha de couro cheia de cartões em branco que ela usava para mandar ameaças violentas em sua pequena e elegante letra sempre que alguém a irritava. Osbert folheou os cartões com cuidado. Havia vinte no total. Mais que o suficiente para o seu grande plano.

* * *

Dois dias depois, o Inspetor de Polícia ficou confuso com a chegada de um pequeno envelope contendo um único cartão de visitas. Não havia nada escrito no cartão além da letra X e do número 2.

— É uma multiplicação? — perguntou o Guarda. — A resposta é quatro?

Massimo rosnou.

— Não seja bobo — rosnou o Inspetor. — É o assassino. Foi ele que mandou isso. Duas vezes. O assassino está admitindo a responsabilidade pelas mortes do professor Ingelbrod *e* da Dra. Zilbergeld.

Naquela noite, a edição noturna de *O Informante* trazia a seguinte manchete: QUEM É O ASSASSINO DE SCHWARTZGARTEN?

— O Assassino de Schwartzgarten — repetiu Osbert, orgulhoso.

Ele havia atingido seu objetivo. Era um epíteto que agradava o menino. Enquanto recortava a manchete e a colava em seu diário, a mente de Osbert se voltava para a próxima vítima.

***

Era uma manhã de inverno extremamente fria, e o grande rio Schwartz havia congelado pela primeira vez em quinze anos. As árvores que margeavam o rio estavam pesadas com o gelo e as ruas, cinza de lama, revirada pelas rodas dos carros e dos bondes velozes, que pareciam ainda mais aterrorizantes que de costume quando surgiam repentinamente das nuvens de névoa gelada. Toda semana, os jornais traziam histórias de pedestres malfadados que haviam sido derrubados por um bonde ou azarados o bastante para tropeçar nos paralelepípedos quando um dos veículos virava uma esquina, gritando e se sacudindo, levando-os para a morte sob suas rodas. Não à toa os cidadãos de Schwartzgarten se referiam com carinho aos bondes como "Os Anjos da Morte".

Foi num desses anjos que, uma semana depois do enterro da Dra. Zilbergeld, Osbert viajou da Cidade Velha para o Centro. Telas de couro haviam sido postas sobre as portas abertas do bonde para proteger os passageiros das rajadas congelantes de vento e neve. As bordas do chapéu do condutor estavam brancas enquanto ele abria caminho pelo veículo lotado, furando as passagens. No entanto, aquela não era uma viagem a passeio para

Osbert. Ele estava espionando o Diretor Adjunto do Instituto, o Sr. Rudulfus, que ocupava o assento à sua frente. Osbert usava um boné puxado até os olhos e um cachecol enrolado no pescoço; por isso, tornara-se quase invisível para os demais passageiros.

O Sr. Rudulfus estava elegantemente vestido num terno bem-talhado, uma gravata de seda e um broche de ametista roxo-escura sobre uma base prateada, que mantinha o nó preso. O colarinho alto da camisa branca estava tão bem engomado que parecia cortar o pouco de pescoço que o homem tinha. Não havia nada no Sr. Rudulfus que parecesse confortável. Osbert visitara a sala de aula do professor somente uma vez, mas nunca a esquecera. Era uma sala pequena, com um pé-direito extremamente alto. Gaiolas de madeira cobriam as paredes, cheias de aves e animais empalhados, vindos das florestas além de Schwartzgarten. Havia uma fila de potes de vidro que continham os órgãos de bichos exóticos, preservados em formaldeído, e um jacaré empalhado ficava suspenso numa prateleira alta. Muitos dos animais haviam sido anestesiados com clorofórmio e mortos pelo próprio Sr. Rudulfus. Osbert estremeceu enquanto encarava o homem.

Assustado com o bater das asas de uma mariposa que passava, o Sr. Rudulfus olhou para cima, o olho direito leitoso observando cegamente o veículo. O homem balançou o guarda-chuva de modo grosseiro, reduzindo a infeliz criatura a uma nuvem de poeira brilhante. Sentando-se de novo e pondo a mão no bolso da jaqueta, ele pegou um pequeno envelope e o segurou com firmeza entre os dedos delicados. À pouca luz, Osbert pôde perceber duas palavras latinas rabiscadas na parte da frente: *sub rosa*.

O menino traduziu as palavras em seu bloquinho: *sob absoluto sigilo.*

Mas o que aquilo poderia significar?

O condutor furou o bilhete de Osbert quando o bonde se sacudiu em cima da ponte Princesa Euphenia e entrou no Centro.

Quando o Sr. Rudulfus desceu do bonde na esquina da Edvardplatz, Osbert o seguiu. O tutor distraíra-se momentaneamente com um corvo que grasnava alto, num telhado acima dele, e Osbert aproveitou a oportunidade para enfiar um cartão de visitas no bolso do casaco do homem. Depois, seguiu o Sr. Rudulfus até a Old Chop House.

O Inspetor de Polícia estava com medo de que o Assassino de Schwartzgarten atacasse de novo; então, pediu que o local ficasse sob vigilância. Osbert viu dois policiais escondidos do lado de fora quando o Sr. Rudulfus entrou e correu para o andar de cima, para a sala de jantar do Clube Offenbach.

Incapaz de continuar seguindo sua presa e temendo levantar suspeitas caso esperasse do lado de fora, Osbert, relutante, voltou para casa.

<hr>

Os três que haviam restado no Instituto estavam sentados à mesa de jantar, banqueteando-se com escargots fritos em alho, enquanto aguardavam a chegada do Inspetor.

O professor de matemática, Anatole Strauss, tentava retirar um escargot particularmente gordo e suculento da concha.

— Talvez a Dra. Zilbergeld tenha sido a última a morrer — sugeriu, otimista.

O Diretor riu, fazendo barulho pelo nariz.

— A *última*? — repetiu. — É claro que não vai ser a *última*.

— O que o senhor quer dizer? — perguntou o Sr. Rudulfus.

— Quero dizer — respondeu o Diretor — que alguém está realmente tentando *matar* todos nós.

O Sr. Rudulfus limpou a boca com uma ponta do guardanapo. Pensativo, empurrou um dos escargots com os dentes do garfo para a beira do prato, apenas para observá-lo escorregar de volta, deixando um rastro de manteiga derretida.

Uma batida apreensiva na porta foi ouvida.

— Entre! — exigiu o Diretor.

Anatole Strauss se encolheu, temendo que a batida anunciasse a chegada do Assassino. Mas era apenas o Inspetor, com o rosto rosado e quente.

Ele se encolheu.

— Peço desculpas pelo meu atraso.

O Diretor encarou-o com desprezo.

— Acredito que não vá acontecer de novo.

— Os escargots parecem deliciosos — murmurou o Inspetor, que ainda não havia jantado e tinha o estômago roncando de fome.

— São alimentados com leite até estarem gordos demais para voltar para suas conchas — respondeu o Diretor. — Depois nós os recompensamos pela gulodice fritando-os até a morte numa frigideira com manteiga. E por falar em recompensas...

— Claro, claro, recompensas — lembrou o Inspetor. — O prefeito de Schwartzgarten ofereceu uma recompensa de 500 coroas imperiais por qualquer informação que possa levar à prisão do Assassino de Schwartzgarten. E o prefeito acha que o Festival do Príncipe Eugene deve ser cancelado este ano.

— Cancelado? — rugiu o Diretor. — O festival mais importante de Schwartzgarten? *Cancelado?* Eu acho que não. Essa é a nossa chance de acabar com o Assassino.

O Sr. Rudulfus, que acabara de pôr a mão no bolso, procurando o lenço, empalideceu de repente.

— O que foi? — latiu o Diretor. — O que houve com você? Está morrendo?

— Ele quer me pegar — gargarejou o Sr. Rudulfus. — O Assassino de Schwartzgarten. Serei o cadáver número três.

O homem ergueu um pequeno cartão de visitas, com uma faixa preta, que havia sido enfiado dentro de seu lenço.

— *X 3* — arquejou. — Se o Assassino se aproximou o bastante para plantar este cartão no meu bolso, já se aproximou o suficiente para me matar.

— Talvez o cartão seja uma brincadeira — sugeriu o Inspetor. — Talvez um dos seus alunos não goste muito do senhor.

— Nenhum dos alunos gosta muito dele — retrucou o Diretor. — Esse é o preço de ensinar.

Apesar de parecer que ratos carcomiam seu estômago, os escargots mergulhados no alho ofereciam certo consolo; por isso, o Sr. Rudulfus continuou a comer. Mastigava de modo ritmado, consumido pelo medo.

— Sim — continuou o Diretor —, o Festival do Príncipe Eugene vai acontecer de acordo com a tradição. Acho que o nosso amigo Assassino está ficando confiante demais. Ele vai cometer um erro. — O homem abriu um sorriso cheio de dentes estragados. — Precisamos de uma isca tentadora para atraí-lo para a luz.

— Isca? — indagou o Inspetor.

— A Caixa de Estrelas — continuou o Diretor.

O Sr. Rudulfus engoliu em seco, quase engasgando com o último escargot.

CAPÍTULO ONZE

O SR. RUDULFUS era conhecido pela excentricidade.

— Lá vai ele — costumavam sussurrar as pessoas nas ruas — com seu exército de corvos.

Realmente parecia que as aves, pretas como carvão, que voavam em círculos sobre o homem, seguindo cada passo dele, grasnando numa alegria quase diabólica, davam ao professor um tipo de proteção sobrenatural. No entanto, aquilo estava longe de ser verdade.

O que Osbert não sabia e nem poderia saber era que o Sr. Rudulfus odiava corvos por causa de um incidente infeliz na infância.

Numa pálida tarde de outono, muitos anos antes, enquanto passavam pela loja do peleteiro Alexis Haub, os pais do Sr. Rudulfus ficaram momentaneamente distraídos com a vitrine de casacos de pele.

— Eu adoraria uma estola — disse a mãe do Sr. Rudulfus, encantada com uma pele de raposa prateada enrolada no pescoço de um dos manequins, os olhos verdes de vidro convidando-a a entrar na loja para comprá-la. E foi exatamente o que ela fez, acompanhada pelo marido. O pequeno Rudulfus ficou abandonado no carrinho com um saco de papel cheio de milho miúdo, comprado para o papagaio da família. Atraído pelo saco de milho,

-149-

um corvo desceu do telhado, pousando as garras retorcidas na lateral do carrinho e furando o saco com o bico afiado.

Quando os pais do Sr. Rudulfus saíram da loja minutos depois, totalmente esquecidos de que tinham um filho num carrinho, já não era mais dia — ou não parecia ser. O céu havia escurecido, mas era um céu muito diferente do que já tinham visto. O ar parecia pulsar e se mover, trazendo consigo o odor desagradável de comida podre e um coro tempestuoso de grasnados. Poderosas asas pretas bateram contra o rosto do pai do Sr. Rudulfus, e uma garra estendida rasgou sua bochecha.

— Corvos! — disse ele, assustado.

A mãe do Sr. Rudulfus também enfrentava problemas. A recém-comprada pele de raposa ganhara vida em torno de seu pescoço, disputada por oito enormes corvos, que batiam as asas, enlouquecidos, e puxavam a pele com tanta força que estavam sufocando a mulher.

Um guarda que passava pela loja teve a presença de espírito de tirar a arma do coldre e atirar duas vezes para o alto. Os corvos subiram ao céu, girando loucamente, grasnando com um barulho tão pouco natural que pareciam lançar uma maldição para o mundo todo.

Quando a última das aves saiu da calçada, o carrinho rasgado e destruído foi revelado. Não se ouviu nenhum barulho de dentro dele. Nem um borbulhar, nem um balbuciar. A mãe do Sr. Rudulfus olhou para dentro, esperando descobrir a polpa sangrenta que um dia fora seu filho. No entanto, tudo que pôde ver foi um cobertor espesso de penas de corvo, salpicado com alguns grãos de milho.

— Ele foi embora! Foi comido! — gritou a mãe do Sr. Rudulfus.

No entanto, um leve barulho debaixo do cobertor deu esperança a ela. Tirando freneticamente as penas e os últimos grãos, ela revelou a forma chorosa de seu bebê.

— Ele está sorrindo — piou ela, confundindo o horror do filho com alegria. — Não sofreu ferimento algum.

Realmente: em termos físicos, a criança não havia sofrido nada. No entanto, psicologicamente, ela criara uma cicatriz eterna.

Desde aquele dia fatídico, parecia que os pássaros percebiam o medo do Sr. Rudulfus e se aproveitavam disso. Toda manhã, quando ele saía de sua casa na Cidade Velha, os corvos se reuniam no céu acima dele. Um ou dois de início, até que um grupo de aves se congregava, lançando uma sombra escura sobre o infeliz professor.

Todos os dias, *O Informante* publicava cartas de malucos que alegavam ser o Assassino de Schwartzgarten. Já *O Diário de Schwartzgarten* lançava editais que previam que outra morte sangrenta era iminente. Em toda a cidade e na Cidade Velha, crianças pintavam as paredes de lojas e prédios com tinta vermelho-viva: *Quem é o Assassino de Schwartzgarten?*

Muitas pessoas temiam andar pelas ruas à noite, com medo de que o Assassino mudasse de *modus operandi* e começasse a matar pessoas indiscriminadamente, não apenas professores.

Toda manhã, o Inspetor de Polícia reunia possíveis suspeitos. A recompensa oferecida pelo prefeito de Schwartzgarten, de quinhentas coroas imperiais, provocara uma onda de informantes. A Sra. Mylinsky denunciou a irmã, que olhava para os outros com os olhos apertados e parecia uma assassina. O Sr. Freish denunciou o homem que morava no quarto alugado acima dele e fazia barulho demais com seu gramofone de corda. (O Sr. Freish ficaria feliz se o homem fosse enforcado, incriminado dos assassinatos ou não.) Babá denunciou o homem gordo do outro lado da rua, que sempre ameaçava arrancar o fígado das pessoas.

Uma tarde, quando encerrava o dia no açougue de Oskar Sallowman, Osbert ficou assustado com a chegada do Inspetor de Polícia, que foi até os fundos do estabelecimento, onde o açougueiro limpava suas facas. O Inspetor foi seguido por Massimo, que arrastava o Guarda pela coleira sobre a serragem e as penas de galinha.

— Você é o Sallowman? — perguntou o Inspetor.

— Quem quer saber? — grunhiu o açougueiro.

— É o Inspetor de Polícia que quer saber — respondeu o Guarda, prendendo algemas em torno dos pulsos gordinhos do açougueiro. — O senhor é procurado pelos assassinatos de Schwartzgarten.

— Que provas vocês têm?

— Ameaças de morte — rosnou o Inspetor, tirando uma carta do bolso do sobretudo e lendo em voz alta: — *"Fale comigo como falou hoje mais uma vez e eu vou destripá-la como um frango, sua galinha venenosa."* Parece que você pôs a ameaça em prática, não foi?

— Foi uma piada — implorou o açougueiro. — Eu nem queria mandar. Não era sério. Era só uma piada sem graça.

— É — disse o Inspetor, assentindo, sério. — Esse é o Assassino, sim. Eu aposto a minha reputação nisso.

Osbert ficou incumbido de fechar o açougue. Sentia o coração pesado. Que pistas haviam levado o Inspetor à porta de seu amigo, o açougueiro? Então, ele se lembrou: as letras que a Dra. Zilbergeld havia rabiscado na parede da Fábrica de Strudels Oppenheimer, *OS*. Será que o Inspetor havia se enganado e suposto que eram iniciais? O de *Oskar*, S de *Sallowman*?

A culpa pesou de forma absurda sobre os ombros de Osbert. Como ele podia ter sido tão tolo a ponto de deixar seu amigo em perigo? O menino andou de um lado para o outro pelo quarto naquela noite, pensando em seu próximo passo. Durante o jantar, encarou melancolicamente o pai e a mãe. Desde muito pequeno, os Brinkhoff haviam deixado claro para o filho a importância de se responsabilizar por suas ações, e o menino não queria decepcioná-los. Sua cabeça girava. Não podia deixar que Oskar Sallowman fosse punido por crimes que ele havia cometido. No entanto, também não podia desistir de seu grande plano agora que havia chegado tão longe. Mas e se Oskar Sallowman fosse executado pelos supostos crimes? A ideia tornou-se horrível demais para Osbert suportar. O professor Ingelbrod e a Dra. Zilbergeld haviam merecido o que acontecera, mas o açougueiro não era culpado de nada.

O menino não tinha escolha. Era hora de admitir que ele, Osbert Brinkhoff, era o Assassino de Schwartzgarten.

———•——

O novo dia nasceu. O céu estava acinzentado e a chuva fria era absorvida pelo sobretudo de lã de Osbert enquanto ele se arrastava, triste, até a delegacia.

O menino respirou fundo e empurrou a porta. A única ideia que iluminava seu coração desesperado enquanto ele se aproximava do sargento era a garantia de que sua confissão protegeria Oskar Sallowman de problemas.

— Diga — pediu o sargento, aborrecido, virando as páginas do jornal *O Informante*.

A garganta de Osbert estava fechada, e a voz do menino escapou da boca num ganido fino:

— Tenho uma importante informação sobre o Assassino de Schwartzgarten.

— Ah, é? — perguntou o sargento com um sorriso amargo. — Você é o Assassino?

Osbert ia responder que sim quando viu a manchete na primeira página do jornal: SALLOWMAN, O AÇOUGUEIRO, LIBERADO.

— Isso é verdade? — perguntou. — Oskar Sallowman foi liberado?

— O homem tinha um álibi — informou o sargento. — Uma pena. Eu estava ansioso por um enforcamento.

Osbert sentiu uma onda de alívio tomar seu corpo.

— E então? — indagou o sargento. — Que informação você tem?

— Nenhuma — respondeu o menino, com pressa. — É que eu achava que o Sallowman era inocente.

— Era só o que você achava? — disse o sargento, virando a página do jornal. — Agora saia daqui e pare de gastar o tempo valioso da polícia.

Osbert voltou rapidamente à rua e fechou a porta atrás de si. Suas pernas tremiam e ele teve que se apoiar contra um muro, respirando lentamente para controlar as batidas de seu coração. Se não tivesse visto a primeira página de O Informante, teria se entregado à polícia à toa. Mas estava tudo bem. Sallowman estava livre e Osbert também.

O Inspetor de Polícia não tinha o mesmo consolo, já que havia apostado sua reputação na culpa de Oskar Sallowman. O homem mal dormia à noite, convencido de que o Assassino de Schwartzgarten iria atacar de novo. Sua esposa ainda se recusava a deixá-lo voltar para casa. Sempre que caía no sono, as molas enferrujadas do sofá cortavam suas costas e ele acordava com um grito de dor, quase acreditando que havia sido apunhalado.

Na manhã seguinte, com os olhos cansados e vermelhos, o Inspetor sentou-se à sua mesa, fumando um charuto gordo. Olhou, sem focalizar, para uma série de recortes de jornais que havia colado num enorme caderno. Todas as páginas eram dedicadas ao Assassino de Schwartzgarten. Nunca o Inspetor vira um assassino trabalhar de maneira tão direta e calculada. Será que ele pouparia a vida de Anatole Strauss, do Sr. Rudulfus e do Diretor? O Inspetor achava que não.

Enquanto isso, Osbert estava ocupado com a ideia do festival e, como o Inspetor adivinhara, procurava uma oportunidade festiva de pôr fim à vida do Sr. Rudulfus.

Numa manhã fria e clara, Osbert e Isabella correram para o Palácio do Governo, passando pelas estátuas de generais a cavalo. Todos os cidadãos da cidade podiam visitar o palácio. Os primeiros andares abrigavam uma coleção sombria, mas fascinante de armas e de incríveis instrumentos de tortura, que ilustravam o desvelar lento e doloroso da história da cidade. Osbert e Isabella olharam para cima enquanto atravessavam o chão de mármore da Galeria dos Traidores. O teto alto era decorado com um desenho intrincado de lanças, espadas e flechas. A parede mais distante era coberta de filas de antigas armaduras, que incluíam uma especialmente medonha e enferrujada que continha o esqueleto de seu antigo ocupante.

A galeria havia recebido esse nome por causa de uma tradição antiga e perturbadora da cidade de Schwartzgarten. Depois de cada decapitação na guilhotina, as cabeças dos infelizes traidores eram lentamente fervidas para que a carne fosse retirada e os crânios, incrustados de prata e ouro e exibidos para servir de aviso para outros. É claro que aquela era uma tradição abandonada havia muito tempo, mas as caveiras ainda brilhavam e cintilavam à luz das lâmpadas nuas penduradas no teto.

A Galeria dos Traidores levava a um grande saguão central que continha uma série confusa de bustos e estátuas de mármore que representavam os governantes de Schwartzgarten e seus líderes militares. Osbert conhecia as histórias.

— Quem é aquele? — perguntou Isabella, olhando para um enorme retrato militar numa moldura dourada.

— O general Daeneker — respondeu Osbert. — O pai dele enlouqueceu e cortou a cabeça do filho.

— E o outro? — indagou Isabella, apontando para um busto de alabastro numa prateleira.

— É o marechal Biedermann — disse o menino.

Isabella sorriu.

— Alguma coisa de ruim aconteceu com ele também?

Osbert fez que sim com a cabeça.

— Foi envenenado pelos filhos e apunhalado pela mulher.

— Ótimo — expressou Isabella. — Parece que ele merecia. — A menina riu. Era uma risada leve como um toque de porcelana, mas ganhou um olhar irritado do guarda do museu.

O centro da galeria era dominado por uma escultura em tamanho natural do Bom Príncipe Eugene sentado em seu cavalo, Maximus. A figura estivera exposta por quase setenta anos, e a cabeça, de cera, havia derretido tanto que o rosto estava quase tão irreconhecível quanto o de um humano morto. Os dedos tinham ficado frágeis e se quebraram, e o recheio de serragem do cavalo formava montinhos no chão, parecidos com bolos de cocô estranhamente claro. Os guardas do museu eram obrigados a varrer a galeria três vezes por dia e a reempalhar o cavalo toda noite.

Osbert lembrava-se do Bom Príncipe Eugene dos livros ilustrados que o pai havia lido para ele. O príncipe era um soldado corajoso que lutara muitas batalhas para libertar o povo de Schwartzgarten das mãos cruéis de Emeté Talbor. Entretanto, como todos os bons homens, assim que o Bom Príncipe Eugene tomara o poder, ele se tornara gordo e preguiçoso. Tinha que cavalgar pela cidade num cavalo mecânico, que andava em trilhos especiais fixados nas ruas de paralelepípedos, porque seu cavalo de confiança morrera, incapaz de suportar o imenso peso do dono. Quando o príncipe Eugene morreu, ele atingira um tamanho tão enorme que fora necessário retirar os corpos de todos os seus ancestrais do túmulo da família para que o príncipe gordo tivesse espaço para ser enterrado.

— Emeté Talbor era um homem muito mau? — perguntou Isabella, um tremor abominável na voz.

— Era — respondeu Osbert. — Muito. Ninguém sabe quantas pessoas ele matou. Gostava especialmente de cortar a cabeça dos inimigos com a guilhotina.

— Como tinha sede de sangue... — disse a menina, surpresa, desejando secretamente que houvesse fotos da guilhotina em ação.

O capacete rachado, a espada despedaçada e as luvas incrustadas de joias usados pelo príncipe Eugene nas guerras ficavam numa prateleira de vidro. Tudo que Osbert lera nos livros de História estava diante dele, na vitrine.

Isabella olhou pelo vidro e leu uma descrição presa por dentro:

— *"O coração negro de Emeté Talbor foi arrancado da cavidade de seu peito e queimado numa fogueira fora das muralhas da cidade. No ano seguinte, o acontecimento foi celebrado pela Associação de Joalheiros, que esculpiu uma réplica do órgão em um sólido bloco de carvão dos Montes Cárpatos e o incrustou com duzentos e quarenta e um minúsculos diamantes: um para cada mês do reino de terror de Emeté Talbor."*

Osbert levou Isabella até a loja de doces dos Myop, depois seguiu caminhando para casa pelas margens do rio Schwartz. Mas sua jornada foi interrompida por uma visão inesperada e alarmante. Reunidos na ponte Princesa Euphenia estava um grupo de policiais e o Inspetor de Polícia. O Inspetor gritava ordens para dois guardas, que tentavam atravessar com cuidado as águas do rio num pequeno barco a remo.

— Estenda a mão e pegue! — berrou o Inspetor. — Será que tenho que fazer tudo sozinho? — A seu lado, Massimo bocejou e ganiu, impaciente.

Osbert olhou para debaixo da ponte e ficou horrorizado ao descobrir a causa da agitação. Uma caixa de madeira ficara presa entre duas pedras, e um dos guardas se inclinava corajosamente para fora do barco, tentando pescar o objeto com uma rede. Mas não era apenas uma caixa — era a caixa de provas de Osbert.

— O que o senhor acha que é, Inspetor? — gritou o Guarda.

— Acha que leio mentes agora? — gritou o Inspetor de volta. — Tudo que digo é que a caixa parece interessante. E eu poderia jurar por isso.

O Guarda pôs a rede na água novamente. Osbert observou e prendeu a respiração. Se a caixa fosse resgatada, tinha certeza de que seu plano acabaria ali. Ele seria descoberto.

Para sorte de Osbert, enquanto ele contemplava qual seria o seu próximo passo, o barco da polícia foi virado pelo fluxo ininterrupto do rio Schwartz e os guardas foram obrigados a nadar até a margem. A caixa se soltou das pedras, foi aberta pelas águas agitadas e levada para a floresta como planejara o menino. Soltando um suspiro de alívio, Osbert fez carinho em Massimo e continuou a caminhar.

No entanto, aquele não seria o fim da caixa. O coração de Osbert teria pulado do peito se o menino tivesse percebido que o Sr. Rudulfus estava parado às margens do rio Schwartz, preparado para caçar animais que seriam empalhados para a sua coleção de taxidermia. Quando o Sr. Rudulfus aproximou-se para anestesiar uma infeliz capivara, a caixa de provas de Osbert parou a seus pés.

Capítulo Doze

TODOS OS anos realizava-se uma feira para celebrar a derrota de Emeté Talbor. Com o tempo, ela se tornara um enorme mercado de rua, que, por sua vez, se transformara num grande festival: o Festival do Príncipe Eugene.

Entretanto, a duas semanas do festival, nem tudo transcorria bem. A cidade tinha o coração pesado.

QUEM SERÁ O PRÓXIMO A MORRER?, perguntava uma manchete de *O Informante*.

Estamos seguros em nossas casas?, indagava um editorial de *O Diário de Schwartzgarten*.

Os cidadãos de Schwartzgarten estavam aterrorizados. Reunidos numa multidão, fora do Palácio do Governo, eles estavam ansiosos por garantias de que não seriam todos mortos pelo Assassino. Uma plataforma havia sido erguida, e o Inspetor de Polícia subiu os degraus, antes de gritar para toda a praça lotada:

— Cidadãos de Schwartzgarten! — começou.

— Fale mais alto! — berrou uma mulher da multidão.

O Inspetor apertou os olhos para ver a mulher. O rosto era inconfundível, quase mais assustador do que o do próprio Assassino de Schwartzgarten. Era a esposa dele.

— Amor? — gritou ele.

— Não me chame de amor! — retrucou a mulher. — O que você vai fazer com o Assassino de Schwartzgarten, seu idiota?

A multidão começou a rir.

— Estou fazendo o melhor que posso — choramingou o Inspetor.

— Bom, o seu melhor não é bom o suficiente, é? — devolveu a esposa. — Se não tivesse pudim no lugar do cérebro, talvez o Assassino estivesse atrás das grades, onde deveria estar, e não correndo solto, matando cidadãos inocentes.

— A cidade está cheia dos meus melhores homens — insistiu o Inspetor.

— Cheia é bem a palavra — respondeu a esposa dele. — Ninguém aguenta mais esperar.

— Se não calar a boca, vou mandar prender você! — gritou o Inspetor.

— Quero ver que guarda vai tentar! — disse a mulher num grito esganiçado. — Se não são páreo para o Assassino, não são páreo para mim!

O Inspetor ergueu as mãos para silenciar a multidão.

— Cidadãos — pediu. — Cidadãos, por favor! As ruas estão sendo patrulhadas noite e dia. Até os esgotos estão sendo vigiados!

— É o melhor lugar para um fedorento como você! — cacarejou a esposa.

O bigode do Inspetor se retorceu e se ouriçou.

—163—

— Fiquem sabendo de uma coisa — jurou. — Antes de começar o Festival do Príncipe Eugene, terei o Assassino de Schwartzgarten trancafiado a sete chaves.

Osbert, que observava os acontecimentos com interesse, sentiu uma incrível pontada de pena pelo Inspetor, mas não podia fazer nada para resolver a situação. Como Babá costumava dizer: "Se sentir pena do porco, não vai poder comer o bacon."

<hr />

Na semana que precedia o festival, as lojas que margeavam a Edvardplatz encheram suas vitrines com decorações elaboradas. A mais impressionante era a do chocolateiro, o Sr. Kalvitas, que cobriu as vitrines com enormes torres de nougat de amêndoas e barrinhas frágeis de chocolate. Havia querubins de chocolate amargo cobertos de folhas de ouro comestíveis com aterrorizantes gárgulas de chocolate pousadas sobre seus ombros e uma cabeça de chocolate que havia sido moldada a partir da máscara mortuária de Emeté Talbor.

Numa noite extremamente fria, três dias antes do festival, enrolada num casaco preto e com um chapéu de pele comido pelas traças, Babá levou Osbert até o Sr. Kalvitas para comprar caramelos salgados.

— Um docinho para o festival — cacarejou.

Era maravilhoso olhar para aquela loja. As prateleiras mais altas pendiam sob o peso das caixas de chocolates de todos os tamanhos e cores, enquanto as mais baixas abrigavam uma coleção peculiar de ratos, corvos e demônios alados de chocolate. Atrás do balcão estavam pilhas bem arrumadas de macarrons em cores vivas, amarradas com fitas vermelhas, latas de chocolate em pó, potes de vidro de gengibre cristalizado, amêndoas açucaradas em prata e ouro e alcaçuzes. O aroma quente de cacau estava em todos os cantos e ficava ainda mais pungente com os copos ferventes de chocolate quente que eram servidos de uma panela brilhante e dourada, gravada com a efígie do Bom Príncipe Eugene.

— Oi, Osbert — disse Isabella, que estava sentada no canto da loja com a mãe. Ela tomava um copo de chocolate quente coberto com picos de chantili e uma nuvem grossa de fios finos de chocolate.

— Pequeno Osbert — cumprimentou a Sra. Myop, reluzindo de orgulho. — Viemos comprar um vestido novo para Isabella. Nossa menina vai ser a Princesa do Festival.

Isabella sorriu, o lábio superior manchado de chantili e chocolate derretido. Ela pôs a mão na bolsa e tirou três entradas.

— Para a tenda principal — informou. — Pode levar sua mãe e seu pai e me ver assumir o trono de Princesa do Festival.

— Lembre-se de que você só recebeu *vinte* entradas — avisou a Sra. Myop, que sabia que as entradas para a tenda eram difíceis de conseguir e não queria desperdiçá-las com a pobre família Brinkhoff.

— Posso ganhar mais uma? — pediu Osbert. — É para Babá — explicou, sem querer parecer ganancioso.

Isabella sorriu e entregou a quarta entrada. A Sra. Myop deu um gole barulhento no chocolate quente, impaciente.

-165-

— Veja — disse a menina, estendendo uma caixa.

Dentro dela havia o chocolate mais caro que o Sr. Kalvitas tinha a oferecer: uma réplica perfeita da carruagem imperial do Bom Príncipe Eugene, com rodas de estanho giratórias que funcionavam à corda. Dentro dela, embrulhada em papel-alumínio, estava um boneco do príncipe feita em chocolate amargo e recheada da cabeça aos pés com um rico marzipã. As crianças sortudas o bastante para ganharem a miniatura tinham por tradição comer a cabeça do príncipe e fazer com que a carruagem passeasse pelo quarto com o marzipã decapitado e o cadáver de chocolate sacudindo-se dentro dela.

No entanto, foi outra réplica que chamou a atenção de Osbert. No meio da loja, numa mesa cheia de marshmallows de nougat Pfefferberg, estava uma cópia perfeita da Caixa de Estrelas.

A Caixa de Estrelas era usada havia muitos anos para representar a morte do general Akibus, segundo no comando do governo de Emeté Talbor. Akibus era um homem cruel, conhecido pelo povo de Schwartzgarten como o Conde Negro. Sob ordem do Bom Príncipe Eugene, para purgar a cidade de sua escuridão, Akibus havia sido preso numa caixa de madeira cheia de pólvora. No entanto, quando a caixa pegara fogo, não restara nenhum vestígio do homem. Era como se o Conde Negro tivesse derretido e se tornado parte da noite.

Todo ano, no grande final do festival, o Sr. Rudulfus fazia o papel de Akibus e entrava na Caixa de Estrelas com a máscara de corvo que os Vigias usavam, os soldados mais fiéis a Emeté

Talbor. O Sr. Rudulfus era algemado dentro da caixa, pintada com estrelas e constelações, e tinha apenas segundos para fugir antes que um pavio aceso explodisse uma enorme carga de pólvora.

Crianças empurraram Osbert para pegar enormes punhados de marshmallows Pfefferberg, mas o menino ficou parado, fascinado. Dentro da Caixa de Estrelas em miniatura, uma pequena figura amarrada à corda do Sr. Rudulfus, a cabeça coberta pela máscara de corvo, lutava e se debatia para fugir.

— Ele está em outro mundo — disse a Sra. Myop enquanto Babá cutucava Osbert, segurando o saco de caramelos.

Isabella observou a agitada figura do Sr. Rudulfus.

— Não seria horrível — sussurrou ela com um sorriso — se alguém mexesse no mecanismo das algemas e o Sr. Rudulfus *não* fosse capaz de fugir da Caixa de Estrelas, não acha?

Era como se Isabella pudesse ler os pensamentos de Osbert. Ele havia passado muitos dias elaborando um plano para que o Sr. Rudulfus fosse bicado por corvos até a morte, mas havia algo de incrivelmente agradável na ideia de um fim mais explosivo para o homem...

— É hora de voltar para a Cidade Velha — avisou Babá.

— Talvez isso o faça voltar à Terra — sugeriu a Sra. Myop, abrindo a bolsa e tirando um marshmallow Pfefferberg enrolado em papel-alumínio vermelho. — Com uma mãe e um pai tão pobres, imagino que você quase nunca veja chocolate.

— Obrigado — respondeu Osbert, pegando o marshmallow.

— Tchau, Osbert — disse Isabella, sorrindo e mordendo a cabeça do príncipe Eugene.

Enquanto Babá fechava a porta atrás deles, Osbert desembrulhou o marshmallow Pfefferberg e deu uma mordida na crosta crocante de chocolate, os dentes mergulhando no recheio cremoso de marshmallow e na camada mais espessa de nougat. Tinha muita coisa em que pensar.

Na manhã seguinte, enquanto Osbert atravessava a Edvardplatz para visitar Isabella, uma escuridão repentina no céu anunciou a chegada do Sr. Rudulfus. O homem tinha o costume alarmante de desaparecer e reaparecer num passe de mágica.

— Criaturas nojentas! — murmurou, virando uma esquina enquanto uma nuvem densa de corvos circulava acima de sua cabeça. Tinha uma grande pasta de couro na mão.

— Não sei o que há de errado com ele — sussurrou o dono de uma barraquinha da feira para um cliente. — Está andando em círculos desde a manhã. Como se estivesse procurando alguma coisa.

— Deve ter ficado maluco — sugeriu o cliente.

O Sr. Rudulfus olhou em volta, e seu olhar pareceu parar em Osbert, que deu um passo para trás da barraquinha, tentando se esconder.

O professor saiu correndo da praça, seguido por Osbert, que se manteve a uma distância segura. O homem correu pela rua Marechal Podovsky, passou pelos portões e entrou no enorme pátio do Museu de Schwartzgarten, escapando por fim dos corvos, que pousaram impacientes nos portões, esperando a volta da presa.

O museu era um imóvel impressionante, flanqueado por uma série de elegantes colunas coríntias. Esculturas em baixo-relevo de grandes momentos da história da cidade decoravam cada parede de pedra. No centro do pátio, ficava uma estátua de cobre do marechal Berghopf, os cabelos brancos por causa dos cocôs de pombo.

Osbert pagou a entrada e dirigiu-se ao vestíbulo escuro do museu. Chegou a tempo de ver o Sr. Rudulfus subir a estreita escada de mármore do canto mais distante do saguão de entrada. Osbert seguiu-o com cuidado, acompanhando o ex-professor enquanto o homem se dirigia para a Galeria de Coisas Estranhas.

Quando Osbert chegou ao topo da escada, ficou preocupado por ver o Sr. Rudulfus esperando por ele. O menino deu um passo para trás, quase tropeçando na escada.

— Está me seguindo, moleque? — exigiu saber o Sr. Rudulfus.

— Não, senhor — respondeu Osbert, assustado.

O Sr. Rudulfus deu um passo à frente.

— Osbert Brinkhoff, não é?

— Não — gaguejou Osbert. — Meu nome é... Meu nome é Milo Mylinsky.

O Sr. Rudulfus abriu um sorriso de compreensão e afastou-se rapidamente, atravessando o piso de mármore e desaparecendo atrás de uma porta onde se lia: ESCRITÓRIO DO GUARDA DA GALERIA DE COISAS ESTRANHAS.

Vozes altas puderam ser ouvidas de dentro da sala.

−169−

— Isso não está bom o bastante — disse a voz claramente reconhecível do Sr. Rudulfus.

— Está tudo certo — informou uma segunda voz, mais velha.

— Seguimos todo o seu projeto, Sr. Rudulfus.

Osbert aguardou do lado de fora da porta, mas logo o volume das vozes baixou e ele não pôde ouvir nada além de um murmúrio incompreensível. O menino voltou sua atenção para a Galeria de Coisas Estranhas, que abrigava uma coleção incomum de objetos que não se encaixavam em outras galerias do museu. Osbert ficou intrigado com um brinquedo automático na forma do enorme elefante indiano que fora trazido como lembrança de um zoológico inimigo pelo infeliz marechal Borgburg. Durante o desfile da vitória que Borgburg fizera pela cidade ao voltar da guerra, o animal acabara pisoteando o corajoso marechal. Osbert pôs um centavo na abertura do brinquedo e observou o mecanismo voltar à vida. Um pequeno conjunto de foles dentro do corpo do elefante criava o rugido do enorme animal, e os pés da criatura se erguiam e baixavam, como se estivessem pisoteando à morte a figura de madeira do infeliz marechal.

De repente, a porta do escritório se abriu e um guarda velhinho saiu dele. Era pequeno, usava bigode e barba e tinha uma pele vermelha como beterraba. Em suas mãos segurava com força uma pilha de papéis. Não havia sinal do Sr. Rudulfus.

— O que está fazendo? — quis saber o guarda. — Está espionando?

— Eu não estava espionando — respondeu Osbert, educado.

— Não me contradiga — cuspiu o guarda, batendo no distintivo esmaltado azul que usava na lapela do paletó. — Sou o guarda responsável. O que eu digo é o que vale. — Balançou a cabeça, triste. — Você é tão ruim quanto aquele Rudulfus. — Indicou o escritório com um movimento da cabeça. — Questiona tudo que eu digo. Entra aqui como se fosse dono do lugar.

— Mas por quê? — perguntou Osbert.

— Vou dizer por quê — informou o guarda —, mas não se aproxime demais. Os germes de crianças são a morte para um homem velho como eu.

Osbert manteve distância e esperou pacientemente a explicação do guarda.

— Aquela Caixa de Estrelas do Festival do Príncipe Eugene vai ser guardada na Galeria de Coisas Estranhas por segurança.

Aquela era realmente uma novidade, e Osbert quase não conseguiu impedir que um sorriso passasse pelo seu rosto.

— Ele não para de falar da caixa — continuou o guarda. — O que ele sabe sobre a Caixa de Estrelas que eu não saiba? Diga, o quê?

— Não sei — respondeu Osbert.

— Nada — afirmou o guarda, amargo. — Mas é a Caixa de Estrelas isso, a Caixa de Estrelas aquilo. Quando ouvimos o homem falar, parece que ele mesmo projetou aquela caixa. Mas não projetou.

— Não — repetiu Osbert.

— Não — disse o guarda. — Ele acha que sabe tudo, mas não sabe de nada. *Nada.*

— O que quer dizer? — perguntou Osbert.

— Quero dizer o seguinte — continuou o homem, baixando a voz para um sussurro trêmulo: — A Galeria de Coisas Estranhas não é tão segura quanto o Rudulfus pensa. — Puxou um mapa da pilha de papéis que carregava. — Ele não viu isto.

— O que é isso?

— Um mapa da galeria — explicou o guarda — com uma passagem secreta marcada.

Osbert mal podia acreditar na sua boa sorte.

— Os cabelos de Rudulfus ficariam brancos como os meus se ele soubesse dessa passagem — continuou o guarda. — Mas ele não vai saber porque eu não vou contar. Vou só manter este mapa perto de mim e não dizer nada. Não se aproxime tanto. O que eu falei sobre os germes?

Dizendo isso, o guarda sacudiu a pilha de papéis e afastou-se, murmurando para si mesmo. Por causa do gesto, o mapa escorregou e caiu no chão. O guarda, entretanto, nem notou e continuou andando. Osbert esperou até que o homem tivesse sumido, depois foi andando, decidido, até a folha de papel caída. Desdobrou-a, revelando um mapa com mais de cem anos da Galeria de Coisas Estranhas. Marcada com clareza no mapa estava uma passagem secreta que levava para a galeria.

Osbert sorriu. Dobrou o mapa com cuidado, pôs o papel no bolso e saiu rapidamente do museu.

No dia seguinte, a Caixa de Estrelas foi tirada do depósito e levada para a Galeria de Coisas Estranhas, onde foi examinada com cuidado pelo Sr. Rudulfus. Quando ficou convencido de que ela não havia sido alterada, a responsabilidade pela proteção da caixa foi passada para o Inspetor de Polícia. O guarda da galeria não podia ser visto em lugar nenhum.

A porta do local foi trancada a cadeado e dois guardas armados, postos do lado de fora. O Inspetor andava de um lado para o outro, animado, o bigode tremendo de satisfação.

— O Assassino de Schwartzgarten não vai conseguir entrar, não com dois guardas vigiando tudo — declarou.

— A sala é totalmente inviolável — concordou o Sr. Rudulfus, sorrindo de modo estranho. — Não há outra porta nem janelas. Apenas paredes sólidas de pedra.

Naquela noite, Osbert aproximou-se com cuidado do museu, encontrando com facilidade o caminho por causa do forte luar azulado. Esculpida numa parede lateral do imóvel havia um elaborado friso de pedra, representando a vida do Imperador Xavier desde a infância até a tirania. O friso começava com a coroação de Xavier, na idade de 5 anos, e ilustrava todas as suas famosas e sangrentas batalhas, representadas até o último detalhe asqueroso. Osbert seguiu o friso até os fundos do museu, onde poucos cidadãos já haviam pisado, longe dos olhos bisbilhoteiros da polícia. O menino procurava a entrada da passagem secreta. O painel final do friso mostrava um imperador decrépito e barbado, sentado em seu trono. A seus pés, estava a forma encolhida de um leão, símbolo da dominação de Xavier sobre seus inimigos.

Foi o leão que atraiu a atenção de Osbert. De acordo com o mapa que o guarda havia deixado cair, aquele era o painel que cobria a entrada para a passagem secreta — ele havia sido claramente marcado com a palavra *Leo*, leão em latim.

Osbert certificou-se de que ninguém o observava, depois pressionou o animal esculpido com ambas as mãos. Mas nada aconteceu. Limpando as lentes dos óculos, olhou por um longo tempo para a superfície do animal de pedra. Não havia maçanetas óbvias nem recessos que pudessem esconder alavancas. No entanto, quando passou as mãos sobre a escultura, Osbert notou que o olho esquerdo do animal tinha uma textura diferente do direito. O esquerdo era mais macio e, de certa forma, mais frio. O olho era feito de metal.

Osbert sorriu e pressionou o olho, que afundou na parede. Com um grunhido e um rangido do metal antigo, o painel de pedra subiu, revelando a passagem escura atrás dele. Osbert acendeu a lanterna e deu um passo para dentro da câmara. Na parede à esquerda havia uma alavanca enferrujada, coberta de teias de aranha, que era obviamente usada para fechar o painel secreto. Somente quando a puxou com ambas as mãos ele foi capaz de mexer a alavanca, cobrindo-se de flocos de ferrugem alaranjada. O painel voltou ao seu lugar.

Usando a luz da lanterna para iluminar o caminho à sua frente, Osbert atravessou o chão empoeirado, afastando véus de teias de aranha e desviando-se dos ratos pretos e gordos que se arrastavam pela passagem secreta. Uma escada de pedra estreita, tão lisa quanto no dia que havia sido feita, cem anos atrás, levava para o segundo andar do interior da parede. Osbert percorreu o caminho lentamente, passo a passo. No topo da escada, numa pequena plataforma, um nicho havia sido esculpido na pedra cinza-escura. Nesse nicho havia outra alavanca, quase imperceptível por causa das teias de aranha. Osbert pôs a mão no buraco e puxou-a. Quando a alavanca cedeu, um ninho de filhotes de aranha caiu nos dedos estendidos do menino. Ele se assustou e puxou a mão de volta, sacudindo o braço, desesperado, enquanto as pequenas criaturas pretas subiam pela manga de sua jaqueta. Osbert estava tão distraído que não notou a porta se abrindo silenciosamente, revelando a Galeria de Coisas Estranhas. O menino iluminou a sala com a lanterna, e o facho de luz caiu na Caixa de Estrelas, pintada em cores vivas.

E agora, pensou Osbert, entrando na galeria silenciosa e deserta, *vamos mexer com o mecanismo*.

Quando pôs as mãos na lateral da Caixa de Estrelas, Osbert não percebeu que estava sendo observado. Os olhos do quadro do marechal Borgburg seguiram cada movimento do menino.

<hr />

Era a tarde anterior ao Festival do Príncipe Eugene, e os cafés e tabernas estavam lotados com os representantes da cidade, que, todos os anos, bebiam até tarde da noite naquela data.

O Sr. Rudulfus, sentado no banco traseiro de um táxi, estava indo ao Banco Muller, Baum e Spink, e observava com irritação o motorista desviar da multidão de foliões.

O Sr. Spink e o Sr. Baum tinham dado instruções para que as portas do banco fossem fechadas exatamente às cinco horas, para que os funcionários pudessem voltar para casa e participar das festividades. Por isso, os caixas ficaram tristes ao perceberem que o Sr. Rudulfus saía do táxi às cinco para as cinco. Ele entrou no banco e andou, com passos firmes, pelo piso quadriculado.

— Gostaria de sacar dinheiro da conta do Instituto — exigiu, sem um sorriso nem uma palavra agradável para marcar a ocasião festiva.

— Que quantia o senhor gostaria de sacar? — perguntou o caixa, incapaz de evitar que suas mãos tremessem.

O Sr. Rudulfus escreveu a soma num pedaço de papel e a passou para o outro lado do balcão.

O caixa olhou, incrédulo, para o papel.

— Vou falar imediatamente com o Sr. Spink.

O Sr. Spink também gaguejou ao ver o pedido do Sr. Rudulfus e perguntou-se se o homem simplesmente havia se esquecido de parar de acrescentar zeros ao fim do número.

— Cinquenta mil coroas imperiais? — perguntou o Sr. Spink, sorrindo, nervoso. — Isso está correto?

— Queremos instalar um novo mecanismo de segurança no Instituto — explicou o Sr. Rudulfus. — Para que o Assassino de Schwartzgarten não se aproxime. O que é o dinheiro se não pudermos proteger a vida do nosso amado Diretor?

Como o confiante Sr. Rudulfus havia previsto, o Sr. Spink não ousou questionar a sua palavra. Era uma sexta à noite, e o Diretor só saberia que o dinheiro havia sido retirado na segunda seguinte — e já seria tarde demais.

———•———

Seguindo a tradição, as crianças de Schwartzgarten foram mandadas para a cama cedo, com as janelas fechadas, e trancadas em seus quartos com um saco de "narizes açucarados". Emeté Talbor desprezava crianças e ficara famoso por arrancar o nariz dos pequenos insuportáveis com a ponta de uma espada cerimonial de prata. Os "narizes açucarados" eram uma lembrança amarga daqueles dias negros. A falta de apreço de Talbor por crianças era tão grande que ele afogara seus quinze filhos numa banheira para que nunca crescessem nem desafiassem a mão de ferro que mantinha sobre a cidade de Schwartzgarten.

À luz de tochas flamejantes, os representantes da cidade andaram lentamente até a Cidade Velha, passando por ruas e becos numa jornada até o cemitério. Isabella, a Princesa do Festival, seguia atrás deles com seu séquito. Ao longe, Osbert acompanhava-os, escondendo-se nas sombras.

O menino observou o grupo chegar ao grande túmulo de Emeté Talbor no Cemitério Municipal de Schwartzgarten e viu a tumba ser aberta. Teias de aranha foram retiradas com cuidado do esqueleto de Talbor, e o cadáver medonho foi sentado num grande trono dourado.

— Oi, Isabella — cumprimentou Osbert, parecendo materializar-se de repente ao lado da menina.

Isabella levou um susto.

— O que está fazendo aqui? — perguntou ela. — Não deveria estar trancado em casa?

— Babá não acredita nessa história de trancar crianças — explicou Osbert. — Além disso — acrescentou com um sorriso —, eu queria ver você.

— Ajoelhe-se perante mim, meu servo leal — pediu Isabella, devolvendo o sorriso.

Osbert ajoelhou-se.

— Quer um caramelo de chocolate? — perguntou a menina, oferecendo uma sacola.

— E os narizes açucarados? — perguntou Osbert.

— Já comi — respondeu Isabella. — Posso fazer o que quiser. Sou a Princesa do Festival.

O menino aguardou com Isabella até que a legião cerimonial de cem homens, vestidos com uniformes do Exército Imperial de Emeté Talbor, se reunisse no cemitério para vigiar o cadáver do governante tirano.

— Vejo você amanhã — disse Osbert, por fim. — Tenho a impressão de que esse será o festival mais explosivo que a cidade já presenciou.

Capítulo Treze

A MANHÃ do festival foi uma das mais frias de Schwartzgarten. Faixas de névoa baixa formavam redemoinhos, cobrindo as ruas de paralelepípedos. Ao nascer do dia, a legião de soldados ergueu o trono dourado, entoando canções de batalha e trazendo o líder decomposto pela ponte Princesa Euphenia até a Edvardplatz.

Na Cidade Nova, uma segunda procissão havia começado nos portões do Palácio do Governo. Uma efígie do Bom Príncipe Eugene era carregada entre as bancas lotadas da feira e cercada por representantes da cidade, que carregavam galhos brancos para simbolizar a bondade do monarca. Ao meio-dia, quando o relógio da torre soou, os dois exércitos se encontraram. Com uma aterrorizante explosão de trombetas militares, os dois grupos encenaram a grande batalha histórica enquanto Isabella observava de uma plataforma, montada numa lateral da praça.

A batalha era longa e levava a maior parte do dia para ser reencenada, mas, ao anoitecer, enquanto a multidão se reunia na Edvardplatz, a luta já chegava ao fim. O ar frio e seco havia sido tomado pelo cheiro de aguardente de maçã, apimentada e fervente, e de pães de gengibre quentinhos. Os donos das barraquinhas vendiam grandes fatias de bolos de frutas fritos na manteiga e polvilhados com canela e açúcar de confeiteiro. Havia bolinhos de maçã com molho de ameixa, panquecas com xarope de baunilha e castanhas assadas e caramelizadas.

Osbert recebera a ordem de vigiar Babá de perto, caso a tentação da aguardente de maçã fosse forte demais para ela. A Sra. Brinkhoff ficara em casa cuidando do marido até que ele se sentisse forte o bastante para ser levado à tenda principal para assistir ao espetáculo noturno.

— Ah, a tentação da bebida... — gemeu Babá, observando as garrafas de aguardente bem arrumadas numa das barraquinhas.

Osbert comprou um grande balão vermelho de hélio para que Babá se distraísse enquanto abriam caminho entre a multidão na Edvardplatz e tentavam chegar ao carrossel mecânico que representava Os Cavaleiros do Apocalipse. Osbert sempre adorara o carrossel, com seus lindos garanhões de madeira: o cavalo branco da guerra, o vermelho da peste, o preto da fome e o amarelado da morte. O menino sentou-se no cavalo vermelho. "A Valsa da Morte" tocava sombriamente no órgão do carrossel enquanto o brinquedo rangia, ganhando vida.

Sentar-se no cavalo de madeira deu ao menino uma ótima visão da Edvardplatz. Osbert podia observar a massa crescente de pessoas enquanto elas passeavam em torno das barraquinhas e dos pequenos espetáculos que cercavam a tenda principal. A tenda em si era muito grande e ocupava um quarto da praça. Era feita com uma lona listrada de preto e branco e decorada com crânios e demônios dourados, esculpidos em madeira. Próxima à tenda, entre a banquinha de carne assada e picles e a do recortador de silhuetas, uma pequena barraca verde atraía muita atenção. Sobre ela estava uma faixa pintada em cores vivas: *Madame Irina, vidente.*

Osbert observou com interesse o Sr. Rudulfus surgir furtivamente da tenda principal e correr de modo discreto para a barraca da vidente, fugindo dos corvos que haviam sido atraídos pelas muitas sobras de comida que cobriam as pedras da Edvardplatz. O menino se perguntou se Madame Irina poderia prever os eventos que aconteceriam naquela noite. Ele duvidava.

O Sr. Rudulfus nem teve tempo de sentar-se. Madame Irina começou a prever seu futuro imediatamente:

— O seu fim será precipitado — afirmou a vidente, que havia sido atraída pelas histórias do jornal *O Informante* e sabia muito bem que os professores do Instituto estavam sendo mortos.

— E minha morte vai ter alguma coisa a ver com corvos? — indagou o Sr. Rudulfus.

— Poderá ter — respondeu Madame Irina. — Sim — continuou. — Vejo corvos. Com certeza, haverá corvos.

— Vamos ver — apostou o Sr. Rudulfus, com um sorriso que gelou o coração da vidente. — Vamos ver.

O homem voltou à tenda principal, acenando com a cabeça para o Inspetor de Polícia enquanto andava rapidamente pelas fileiras de assentos e subia no palco.

— Não quero ser incomodado — ordenou o Sr. Rudulfus.

Em seguida, apertou um interruptor e desceu lentamente pela abertura do palco, desaparecendo.

———•———

A noite havia caído, e a Edvardplatz estava iluminada por um círculo de fogueiras. Os exércitos rivais encenavam a batalha final entre o Bom Príncipe Eugene e Emeté Talbor.

Os tambores soaram lentos, as trombetas foram tocadas e o exército de Emeté Talbor cantou um lamento enquanto o trono do imperador era levado ao chão.

— O tirano morreu! — foi o grito. — Vida longa ao Bom Príncipe Eugene!

— Lá vem ela — disse Babá enquanto Isabella aparecia entre a multidão de soldados, numa capa forrada de arminho e luvas de couro brancas.

Osbert assistia a tudo, impressionado.

— Arranque o coração, o coração que nos escravizou! — cantavam os soldados.

Isabella aproximou-se do trono e puxou a manga. O aroma adocicado e enjoativo do cadáver de Emeté Talbor era quase insuportável, mas a menina respirou pela boca enquanto punha a mão entre as costelas do esqueleto para retirar o coração de carvão.

— O coração do tirano! — gritou, erguendo a pedra incrustada.

Gritos e salvas foram ouvidos da multidão enquanto o cadáver de Talbor era puxado do trono e os ossos apodrecidos, jogados dentro do caixão cerimonial para serem levados de volta ao cemitério. Uma coroa foi posta sobre a cabeça de Isabella, e a menina tomou seu lugar no trono, que foi erguido por oito soldados. Abrindo caminho pelas barracas e banquinhas, o cortejo começou a traçar a rota cerimonial até a tenda principal, onde o espetáculo da noite aconteceria.

Ansioso, Osbert esperou com Babá até que o público fosse admitido na tenda. A entrada do local era flanqueada dos dois lados por enormes espelhos de distorção. Babá riu do próprio reflexo: ela parecia tão magra quanto no dia fatídico em que o marechal Potemkin havia sido envenenado. Osbert, por outro lado, parecia ter duas vezes seu tamanho natural e estava estranhamente sinistro. Na verdade, estava tão sinistro que ficou convencido de que as pessoas apontariam e gritariam:

— Lá está ele! *Ele* é o Assassino de Schwartzgarten!

Mas, é claro, era apenas o reflexo distorcido do menino.

— Veja! — gritou Babá, apontando para um ponto ao longe. Sacudindo-se sobre os paralelepípedos, vinha o Sr. Brinkhoff em sua cadeira de rodas, empurrada pela Sra. Brinkhoff.

— Você veio — disse Osbert, encantado.

— Eu não podia perder o festival — riu o Sr. Brinkhoff, enquanto a esposa o cobria e prendia o cobertor ao lado das pernas do marido.

— Eu disse que seu pai deveria ficar num lugar quente, mas ele não quis saber — informou a Sra. Brinkhoff, sorrindo.

A felicidade da família foi interrompida por uma buzina alta, soada quando uma elegante limusine preta, reluzindo de tanto polimento, passou pelos paralelepípedos e parou, soltando um grunhido. A porta do motorista se abriu, e o Porteiro apareceu vestindo um paletó, luvas de couro e um boné pontudo. Ele abriu a porta do passageiro, e o Diretor emergiu do carro, apoiando todo seu peso na bengala para se erguer. Osbert sentiu que o homem havia crescido trinta centímetros desde o último encontro dos dois no Instituto. A multidão ficou em silêncio. Enquanto o Diretor passava por Osbert, totalmente alheio ao fato de estar a centímetros do Assassino de Schwartzgarten, o Sr. Brinkhoff soltou um arquejo involuntário. O Diretor parou e deu meia-volta, observando a família reunida que se encolhia diante dele.

— Brinkhoff — disse. Não falava com Osbert, mas com o pai. — Numa cadeira de rodas, pelo que vejo. — O homem sorriu. — Não tem mais sanidade suficiente no seu cérebro perturbado para se manter de pé?

— Não há nada de errado com o cérebro dele — retrucou Osbert, e a Sra. Brinkhoff puxou a manga do casaco do filho, assustada.

— E o pequeno Osbert — continuou o Diretor. Um breve sopro escapou de seus lábios e se condensou no ar congelante. — Ainda não aprendeu boas maneiras, pelo que vejo. — O homem sorriu outra vez, os lábios se afastando para revelar uma gengiva retraída e sangrenta. — Espero que apreciem a noite. Deve haver muito pouca alegria na vida desgraçada de vocês.

E, dizendo isso, virou-se e começou a andar a passos largos para a tenda.

O Sr. Brinkhoff tentou sorrir, mas suas mãos tremiam.

— Um copo de cerveja quente vai fazer você se sentir melhor — afirmou a Sra. Brinkhoff, dando um leve apertão no ombro do marido.

O sanfoneiro do Hotel Imperador Xavier havia sido contratado para o evento e tocava canções tradicionais enquanto o público entrava na tenda. O domo central de lona era montado sobre doze estacas de madeira vermelha, e cada estaca ficava, por sua vez, apoiada num pilar de madeira coberto de pequenos espelhos e esculpido de maneira a representar a história da perseguição da Beleza pela Morte. Lanternas de filigrana pendiam do teto, formando flamejantes rostos esqueléticos no chão.

Numa das pontas da tenda ficavam sentados os cidadãos importantes de Schwartzgarten: os representantes da cidade, que bebiam tonéis da cerveja de centeio quente servida por mulheres em roupas tradicionais. Entre eles estava o Diretor, que bebia um copo de aguardente na lateral do palco, um olhar de satisfação malevolente estampado no rosto.

O público tomou seus lugares. Osbert sentou-se com Babá, e a Sra. Brinkhoff ficou ao lado do marido, ajudando-o a tomar uma enorme caneca de cerveja quente. As mãos do Sr. Brinkhoff ainda tremiam por causa do encontro com o Diretor.

— Está bem, pessoal — disse o Inspetor de Polícia num sussurro para um pequeno exército de policiais. — Se virem algo suspeito, quero ser o primeiro a saber. Ficou claro?

Uma trombeta soou, e Isabella entrou, sendo carregada no trono dourado de Emeté Talbor. Enquanto o público aplaudia, ela acenou para seus súditos leais e se abaixou para pegar um chocolate da caixa que havia escondido embaixo do trono. Tentando decidir se deveria comer um caramelo de chocolate ou um de creme de arando, ela descobriu algo bem menos palatável embaixo da tampa da caixa: um dos dedos de Emeté Talbor havia se quebrado na altura da falange principal e não voltara ao túmulo. A menina pegou o objeto nojento e jogou-o para longe do trono, rindo quando ele caiu no copo de cerveja quente de um vereador velhinho e esparramou toda a bebida.

O trono foi posto num lugar de honra nos fundos da tenda, dando a Isabella uma excelente visão dos números que seriam apresentados. Osbert, que estava sentado a duas fileiras dali, ficou aliviado ao perceber que a amiga não correria perigo.

Uma luminária a gás sibilante iluminou o palco, e a orquestra levantou-se enquanto o mestre de cerimônias lutava para passar pelas cortinas.

— Senhoras e senhores — anunciou ele, fazendo uma reverência elaborada. — Sejam bem-vindos.

O homem usava uma longa capa de veludo preto, a careca coberta por uma peruca bem-arrumada que escorregava para sua testa sempre que ele erguia as sobrancelhas.

— Para seu prazer e deleite, hoje, no Festival do Príncipe Eugene, vamos trazer música, alegria, drama, emoção, arrepios inesperados; enfim, uma profusão de diversões tão exóticas e espetaculares que será preciso esperar até a próxima noite de festival para que seus corações e mentes se recuperem.

Fez outra reverência enquanto o público aplaudia, entusiasmado.

Osbert ajeitou-se na cadeira, ansioso, quando o mestre de cerimônias fez o público silenciar com um aceno das mãos.

— Mas, primeiro, senhoras e senhores, quero apresentar aos senhores o distinto Diretor Adjunto do Instituto, Sr. Aristotle Rudulfus...

Aproveitando a deixa, o Sr. Rudulfus entrou no palco. Estava vestido para a ocasião com um terno preto, um colarinho engomado e uma imaculada gravata-borboleta violeta. Usava luvas de couro preto e trazia a máscara de corvo, com seu longo bico, sob o braço. O Diretor aplaudiu com empolgação e o público seguiu seu exemplo, mais por medo que por entusiasmo.

O Sr. Rudulfus fez uma careta enquanto olhava para o público, apertando os olhos para ver através da luz forte. Com o único olho bom, conseguiu ver o contorno de Osbert Brinkhoff. Sorriu para si mesmo, certo de que o menino não sairia da cadeira até a Caixa de Estrelas aparecer no palco. Fez um leve aceno com a cabeça.

— Que a noite de hoje seja cheia de surpresas e intrigas.

Um zumbido de motores soou, e o Sr. Rudulfus fez outra reverência enquanto desaparecia lentamente pelo alçapão do palco.

— Que comece o primeiro ato! — rugiu o mestre de cerimônias, incentivando o assistente a empurrar três cantores aterrorizados para o palco. — Os Trigêmeos Terpsichore vão cantar "A Balada do Bom Príncipe Eugene".

Babá recostou-se na cadeira e sorriu, bebendo aguardente de uma garrafinha que havia escondido no casaco.

— Cantem mais alto! — gritou, a voz entorpecida. — Cantem mais alto!

Osbert achou muito divertido observar as reações de Babá aos números. Os Trigêmeos Terpsichore estavam tão nervosos com a presença do Diretor que pareciam incapazes de cantar no tom certo. Impaciente, Babá jogou um pão de canela seco na cabeça do gêmeo mais alto, mas nem isso melhorou o desempenho do grupo. Eles foram vaiados até saírem do palco.

Babá arrulhou e riu quando um macaco de circo foi empurrado de trás das cortinas. O animal, entretanto, estava tão entediado que o treinador teve que cutucá-lo com uma vara para mantê-lo acordado.

— Morda esse cara! — incentivou Babá, que sempre tivera pena de animais enjaulados. — Arranhe! Arranque os olhos dele!

O macaco parecia ter a mesma opinião de Babá. Depois de um cutucão particularmente violento, ele atacou o treinador, mostrando suas garras enquanto punha o homem para fora do palco.

— Muito bem! — gargalhou Babá. — Ensine uma lição a ele!

— E agora — gritou o mestre de cerimônias, tentando abafar os gritos do macaco e os uivos assustadores do infeliz treinador. — Adolpho, o incrível!

Adolpho era um engolidor de espadas, e era tudo, menos incrível. Devido a uma inflamação na garganta, podia apenas engolir colheres, e, mesmo assim, fazia-o com lágrimas nos olhos.

Babá batia os pés, impaciente, a cada número que deixava de impressioná-la. A noite acabou sendo longa, especialmente para Osbert, que esperava pacientemente o clímax espetacular das festividades.

As "emoções" prometidas não se concretizaram e os "arrepios" não arrepiaram. De seu trono, Isabella continuava a assistir ao espetáculo com um real desinteresse, bebendo licor de menta de canudinho. A menina, então, percebeu que uma mulher pequena de chapéu e estola de raposa prateada se inclinava para ela.

— Imagino que queira mais chocolates — disse a mulher com um leve ronronar.

Isabella sorriu para a moça e fez que sim, desejosa.

— Gosto mais dos cremes de arando — explicou.

— Se me seguir, vai poder comer todos os cremes de arando que quiser — avisou a mulher.

Isabella acompanhou-a, cheia de boa vontade e desejo, e Osbert observou, curioso, a mulher guiar a amiga para longe dali. Vários corvos haviam se reunido na entrada da tenda principal, bicando migalhas de comida caída. Um dos pássaros grasnou alto, e Osbert observou, horrorizado, a mulher de estola de raposa erguer a cabeça, assustada. O menino, então, viu o rosto da moça: o olho direito era cego e leitoso.

Depois de assegurar-se de que Babá e seus pais não estavam olhando, Osbert saiu da cadeira e seguiu Isabella e a mulher, que andavam pela Edvardplatz e se encaminhavam rapidamente para uma rua silenciosa, além da praça de paralelepípedos. As duas pararam ao lado das janelas fechadas de uma pequena loja abandonada.

— Onde estão os chocolates? — perguntou Isabella, que havia se cansado de andar.

— Aqui dentro — informou a mulher, levando a menina para dentro da loja vazia.

Osbert continuou observando através de uma falha nas venezianas.

— Mas não consigo *ver* nenhum chocolate — reclamou Isabella, impaciente. — Não tem nada aqui.

Antes que pudesse dizer outra palavra, uma bola de algodão embebida em clorofórmio foi pressionada contra o nariz e a boca da menina. Isabella caiu nos braços da mulher e foi cuidadosamente deitada no chão. A moça retirou o chapéu e a pele de raposa, revelando, por fim, o sorriso do Sr. Rudulfus. Osbert sentiu o estômago se contorcer de medo.

O Sr. Rudulfus tirou um quadro da parede e pressionou um interruptor escondido. Um painel nos fundos da loja se abriu, levando a uma passagem secreta. O professor pegou uma lanterna no bolso e arrastou a menina para a passagem, enquanto a parede voltava ao lugar.

Osbert entrou na loja e pressionou o ouvido contra a parede, esperando que o som de passos se afastasse. Estava quase surdo por causa do ruído das batidas do próprio coração. Seguindo o exemplo do Sr. Rudulfus, o menino pressionou o interruptor escondido, e o painel secreto se abriu como antes. Osbert não tinha uma lanterna; por isso, só podia encontrar o caminho na escuridão passando as mãos pela parede de pedra fria, que começou a descer abruptamente. O menino percebeu que estava passando por baixo da Edvardplatz.

Osbert levou vários minutos para chegar ao fim do túnel, que era mal-iluminado por uma lamparina inconstante. Uma escada de ferro havia sido apoiada na parede, levando ao nível superior. O garoto subiu os degraus com cuidado, parando para olhar o cômodo acima dela. Osbert quase perdeu o fôlego de tanto medo. Lá estava o Sr. Rudulfus, sobre uma escadinha, prendendo Isabella dentro da Caixa de Estrelas. O menino ouviu uma salva de palmas abafada e percebeu, no mesmo instante, que o local ficava abaixo do palco da tenda principal.

— O que está acontecendo? — gemeu Isabella, recuperando-se finalmente do clorofórmio. A cabeça da menina doía e sua boca parecia grudenta. — Onde estou?

— Você acordou — disse o Sr. Rudulfus. — Ótimo. Seria muito chato se perdesse isso

— O que está fazendo? — exigiu saber Isabella.

O Sr. Rudulfus fez que sim com a cabeça.

— Você deveria mesmo fazer essa pergunta — respondeu. — Tem uma mente curiosa. Decidi que a Caixa de Estrelas é perigosa demais e que você vai ficar dentro dela, no meu lugar.

— Mas por quê? — perguntou Isabella.

— A resposta é bem simples — explicou o Sr. Rudulfus, pondo seus sapatos de couro e luvas pretas em Isabella e depois prendendo a menina na caixa. — Porque o Assassino de Schwartzgarten quer me matar e eu prefiro que ele mate você no meu lugar.

Isabella debateu-se na caixa, tentando fugir. Mas não adiantava. O Sr. Rudulfus segurara-a com firmeza.

— Felizmente, temos a mesma altura, Isabella. Foi a minha sorte, mas o seu azar, é claro.

— As pessoas vão querer saber onde eu fui parar — disse a menina.

— Talvez — respondeu o Sr. Rudulfus. — Talvez não. Mas, se perguntarem, não tenho dúvidas de que o Assassino de Schwartzgarten será considerado culpado.

— E se o Assassino *não quiser* matar o senhor — sugeriu Isabella, desesperada. Era difícil falar. Parecia que os lábios da menina estavam se colando.

— Mas tenho absoluta certeza de que ele *quer* — afirmou o Sr. Rudulfus. — Vi o Assassino mexer com esta mesma caixa. Eu estava observando de trás do retrato do marechal Borgburg, na Galeria de Coisas Estranhas. Vi cada movimento dele.

O coração de Osbert agora batia tão alto que o menino teve certeza de que atrairia a atenção do Sr. Rudulfus.

— Há uma pequena alavanca dentro da caixa — disse o Sr. Rudulfus. — Talvez esteja sentindo. — Isabella assentiu lentamente com a cabeça. — Um empurrão na alavanca, e o fundo falso da Caixa de Estrelas se abre num passe de mágica.

Isabella empurrou a alavanca, mas, obviamente, nada aconteceu.

— O mecanismo foi travado por uma pequena cunha — explicou o Sr. Rudulfus, o rosto ficando vermelho de raiva. — Eu não teria sido capaz de fugir e teria ficado preso até que a pólvora me assasse vivo.

A menina tentou responder, mas não pôde. Seus lábios estavam colados.

— A cola já deve estar funcionando — avisou o Sr. Rudulfus.

Isabella olhou para o homem, implorando.

— O Sorriso Forçado Rudulfus — acrescentou ele, com um sorriso autoindulgente. — Vou explicar — continuou. — Tive a felicidade de encontrar uma caixa nas margens do rio Schwartz.

Ele abriu uma pequena caixa e ergueu o rolo de corda de violino e o manual de instruções da Máquina de Fabricação de Strudels.

— Pistas — informou. — Talvez não incriminassem ninguém se não estivessem junto com isto. — Mostrou o bloquinho de anotações de Osbert. — Ele foi danificado pelas águas do rio, mas eu o sequei com cuidado. Talvez fique interessada no nome escrito na parte de dentro da capa.

Com um grande prazer, o Sr. Rudulfus leu as palavras:

— *Osbert Brinkhoff.*

O menino prendeu a respiração. Soltou levemente a escada e escorregou para trás, equilibrando-se apenas a tempo de evitar uma queda.

— Quando a polícia encontrar estas pistas aqui embaixo do palco, também descobrirá a verdadeira identidade do Assassino de Schwartzgarten — continuou o Sr. Rudulfus, ainda sem perceber a presença de Osbert. — Você deve estar se perguntando por que não pedi a recompensa de quinhentas coroas imperiais oferecida pelo prefeito. A resposta é simples. Saquei cem vezes esse valor do Banco Muller, Baum e Spink. E fugirei da cidade hoje à noite. — Um leve sorriso passou pelo rosto do homem. — Acho que é importante que você entenda minhas ações para apreciar inteiramente seu destino.

Rudulfus pôs a peruca e o chapéu e tornou a colocar a estola de raposa nos ombros, preparando-se para partir.

Rápida e silenciosamente, Osbert subiu a escada até o cômodo abaixo do palco. Esgueirando-se pelas sombras, sem ser visto pelo professor, ele agachou-se atrás da Caixa de Estrelas e estendeu a mão para pegar a garrafa de clorofórmio que o Sr. Rudulfus deixara no chão, desatento.

— Agora, Isabella — sussurrou o Sr. Rudulfus. — Assim que eu ouvir a deixa do palco, vou pressionar este botão — disse, apontando um botão vermelho na lateral da Caixa de Estrelas. — Ele ativará o motor do alçapão e você será erguida até o palco. O resto você já entendeu, tenho certeza. Afinal, você é uma menina inteligente. — O homem sorriu de modo estranho. — Agora vamos aguardar.

Três grandes batidas vindas do palco eram a deixa que o Sr. Rudulfus estava aguardando.

— É hora de a Princesa do Festival fazer uma entrada explosiva — riu ele, pondo a máscara de corvo sobre a cabeça de Isabella.

O Sr. Rudulfus pressionou o botão vermelho. Ao fazer isso, Osbert inclinou-se para a frente e removeu a cunha que havia usado para travar o mecanismo no fundo da Caixa de Estrelas.

— Empurre a alavanca — sussurrou Osbert para Isabella, enquanto o professor estava distraído com uma explosão de aplausos impacientes no andar de cima.

A menina fez o que o menino pediu. Empurrou a alavanca, e a porta secreta no fundo da caixa se abriu, fazendo com que a garota caísse no chão de paralelepípedos.

— Isso não está certo — murmurou o Sr. Rudulfus, pegando a cunha caída e prendendo a porta secreta. Depois, ergueu Isabella e colocou-a de volta na Caixa de Estrelas.

Outras três batidas foram ouvidas de cima, agora mais impacientes. Mais uma vez, o Sr. Rudulfus estendeu o braço para apertar o botão vermelho, e, mais uma vez, o fundo da Caixa de Estrelas se abriu, fazendo Isabella se machucar ao cair no chão.

— O painel deveria estar preso — sibilou o Sr. Rudulfus. — Você deveria ficar presa aí dentro, incapaz de fugir.

Com raiva, ele travou o painel secreto da Caixa de Estrelas e subiu nela para ver o que estava causando o problema. Entretanto, ao se inclinar, ele foi puxado com força para dentro e caiu desajeitadamente na caixa. Enquanto lutava para levantar-se, um pano com clorofórmio foi posto sobre sua boca e o professor caiu para a frente.

Quando o Sr. Rudulfus acordou, instantes depois, descobriu que estava preso dentro da Caixa de Estrelas, a cabeça para fora do buraco aberto numa das pontas, os pés aparecendo nos dois espaços que havia na outra ponta, as mãos balançando, inúteis, nas laterais. O professor tentou empurrar a alavanca escondida, mas a porta estava presa com a cunha. Tentou gritar para pedir ajuda, mas percebeu que não podia. Tinha os lábios colados. Osbert mostrou para ele a lata de cola. Isabella observava das sombras, ferida e trêmula.

Enquanto isso, a impaciência da multidão na tenda principal aumentava, e o mestre de cerimônias batia desesperadamente no palco.

Osbert abriu a pasta do Sr. Rudulfus para recuperar as provas incriminadoras: a corda de violino, o bloquinho de anotações e o manual de instruções da máquina de strudels. Também tirou uma lata de tinta vermelha, além de uma barba e um bigode grisalhos.

— Então, *o senhor* era o guarda do museu — entendeu Osbert, olhando para a maquiagem, sem acreditar. — Por isso não queria que eu me aproximasse demais. Para que não reconhecesse seu rosto embaixo do disfarce.

O Sr. Rudulfus não podia falar, mas seus olhos brilharam de malevolência.

— Queria que eu sabotasse a Caixa de Estrelas. Tentou me pegar — continuou Osbert, pondo a máscara de corvo sobre a cabeça do Sr. Rudulfus. — Achou que fosse mais esperto do que eu. Espero que saiba que não é.

O menino pressionou o botão vermelho, um sino tocou e a plataforma começou a ser erguida. Pegando Isabella pela mão, Osbert desceu a escada de ferro e entrou no túnel, fechando a porta da passagem secreta atrás deles.

O Sr. Rudulfus se debatia enquanto via o alçapão se abrir. Lentamente, a Caixa de Estrelas surgiu no palco.

Osbert e Isabella conseguiram voltar para a tenda principal sem serem vistos. O público estava atento demais ao que acontecia no palco para notá-los. Isabella tomou o seu lugar no trono do festival e Osbert sentou-se ao lado de Babá.

A Caixa de Estrelas estava pronta, o pavio havia sido aceso, mas o Sr. Rudulfus, ainda com a máscara de corvo, debatia-se violentamente e sugeria para o público que seus planos de desaparecer haviam sido frustrados.

— Ele se esqueceu de como é! — berrou Babá.

O pavio queimava e estalava, seguindo seu caminho lento até a Caixa de Estrelas e a pólvora que ela continha. No entanto, o Sr. Rudulfus não podia pedir ajuda — seus lábios ainda estavam colados com a Cola do Sorriso Forçado. Quanto mais ele se debatia, mais instável a caixa ficava. O homem bateu os pés desesperadamente, mas aquilo não fez nada além de deslocar as cunhas de madeira que seguravam as rodas da caixa.

A Caixa de Estrelas começou a rolar para a frente, na direção da parte frontal do palco, ganhando velocidade. Um pandemônio se armou na tenda. Os representantes da cidade fugiram dos camarotes, derrubando suas mesas na pressa e lavando o chão com cerveja de centeio quente. O Diretor se ergueu com dificuldade e correu da tenda, abrindo caminho pela multidão com golpes violentos de bengala.

— Saiam do meu caminho! — gritou. — Andem, idiotas!

O Porteiro, que esperava pacientemente do lado de fora, deu a partida no motor do carro. O Diretor entrou no veículo, temendo pela própria vida, e foi levado rapidamente da Edvardplatz para o Instituto, em segurança.

Nesse meio-tempo, a Caixa de Estrelas brilhava com a intensidade de um cometa. A cola que prendia os lábios do Sr. Rudulfus havia começado a derreter com o calor e o sanfoneiro correra para a frente da tenda, tocando o mais alto que podia para abafar o som horroroso dos gritos do professor. Desesperado para apagar o pavio antes que a pólvora explodisse, o assistente de palco pegou um copo e jogou o conteúdo na Caixa de Estrelas. O pavio lampejou violentamente.

— Seu idiota! — gritou o mestre de cerimônias, arrancando o copo da mão do assistente. — Isso é aguardente de maçã, não água!

Babá agarrou a mão de Osbert com força e fechou os olhos. Entretanto, o menino não demonstrava sinais de medo. Babá quase teve que arrastá-lo para fora da tenda. A Sra. Brinkhoff correu atrás, levando o Sr. Brinkhoff na cadeira de rodas.

Quando saíram para o ar fresco, Osbert ficou feliz em perceber que o trono de Isabella já havia sido carregado para fora pelo esquadrão de soldados. Ela também relutara em sair e ficara observando a Caixa de Estrelas explodir em chamas alaranjadas.

O rosto de Isabella estava pálido, e seu coração batia disparado. Apenas a sorte poupara-a da Caixa de Estrelas. Ela quase morrera, e tudo era culpa de Osbert Brinkhoff.

Explosões de pólvora irrompiam da caixa, incendiando as caixas de fogos que haviam sido empilhadas atrás das cortinas para a Grande Exibição de Luz na Edvardplatz. Os últimos membros do público fugiam da tenda enquanto foguetes e rojões explodiam, voando de suas caixas numa rajada de pólvora brilhante e iluminando o teto de lona da tenda principal como relâmpagos. O material antigo rangeu e cedeu, criando uma colcha de buracos que revelavam o céu noturno salpicado de estrelas. Enquanto as faixas de lona queimavam, tornando-se acinzentadas, as colunas de madeira que seguravam o toldo desabaram, transformando os últimos pedaços de tenda em retalhos. O barulho e a explosão dos fogos acabaram, então, cedendo ao som eminente e sinistro de um grupo de corvos que alçou voo, circundando o Sr. Rudulfus enquanto ele se debatia dentro da Caixa de Estrelas.

— Foi Osbert Brinkhoff! — berrava ele. — Osbert Brinkhoff fez isso comigo! Osbert Brinkhoff é o Assassino de Schwartzgarten!

A voz do professor, porém, não podia ser ouvida sob o rugido e os estalos dos fogos de artifício. Os corvos davam rasantes na caixa.

— Vão para o inferno! — gritava Rudulfus. — Saiam daqui!

As aves bicavam sua cabeça, suas mãos e seus pés, aparentemente imunes ao calor das chamas, que estavam sendo atiçadas pela brisa gelada da noite.

— Eu disse que haveria corvos — confiou Madame Irina ao mestre de cerimônias quando eles se esconderam atrás da barraquinha de carne assada com picles.

Nada podia ser feito para salvar o Sr. Rudulfus. Debatendo-se até o último minuto, ele morreu queimado, ainda preso na Caixa de Estrelas, que havia se rachado e partido, sendo bicado pelos corvos até que a vida se esvaísse dele.

Na manhã seguinte, para marcar a ocasião da morte do Sr. Rudulfus, Osbert deixou um pacote na porta de Isabella contendo a lata de Cola do Sorriso Forçado. Depois, seguiu para casa.

— Outra morte! — gritava o jornaleiro cego. — Outro professor assassinado!

Enquanto isso, na Cidade Velha, o Diretor chegava à casa do Sr. Rudulfus na companhia do Sr. Spink, do Inspetor de Polícia e de dois caixas do banco.

— Achei que estava fazendo a coisa certa — murmurou o Sr. Spink, que havia chamado a atenção do Diretor para o saque do banco. — Parecia uma quantia muito grande, mas ele me garantiu que estava agindo sob as ordens do senhor.

— Silêncio — exigiu o Diretor enquanto o Inspetor destrancava a porta com uma chave-mestra.

O grupo entrou no saguão escuro. Havia um aroma desagradável de comida podre, explicado pelos corvos empoleirados em todas as escadas, cadeiras e estantes. Nem um dia havia passado desde a morte do Sr. Rudulfus, mas os pássaros já haviam colonizado a casa dele. O chão estava coberto com uma camada grossa de fezes, e o grupo passou de cômodo a cômodo pisando com cuidado.

— Aqui — disse o Inspetor, por fim, abrindo a porta do escritório do Sr. Rudulfus.

Os corvos enunciaram um murmúrio sombrio quando o Diretor entrou. As caixas de dinheiro haviam sido empilhadas com cuidado num canto.

— O que é isto? — perguntou o Diretor, olhando com atenção para as marcas estranhas que haviam sido desenhadas nas paredes da sala.

— Parece um mapa — explicou o Inspetor.

O Sr. Rudulfus havia feito um desenho complicado da teia de passagens secretas e esgotos que corria embaixo das ruas de Schwartzgarten e que permitia que ele evitasse a exposição aos corvos sempre que possível. *Não há corvos aqui*, escrevera numa letra miúda e fina, marcando os pontos mais seguros para voltar à superfície.

— O senhor sabe o que fazer, Spink — disse o Diretor.

O Sr. Spink estalou os dedos e os caixas pegaram as caixas de dinheiro, que seriam devolvidas aos cofres do banco.

Um grande corvo pousado na lareira grasnou de forma baixa e gutural e abriu as asas.

— O medo faz os homens fazerem coisas estranhas — afirmou o Diretor, virando-se para a porta. — Não vamos mais falar sobre isso.

<hr />

A Caixa de Estrelas sobreviveu, mas estava tão danificada que Schroeder, o agente funerário, achou que seria melhor enterrá-la junto com o corpo. Quando os carregadores levaram os restos queimados da caixa para a entrada aberta do mausoléu, todos ouviram algo bater dentro dela. Os carregadores pararam e tudo ficou em silêncio.

— Tem alguma coisa presa aqui dentro — disse o agente funerário numa voz aguda.

— Balance a caixa de novo — sugeriu o Legista.

Os carregadores sacudiram a Caixa de Estrelas e o barulho pôde ser ouvido mais uma vez.

— Com mais força! — rugiu o Diretor.

Os carregadores balançaram a caixa de um lado para o outro com tanta força que Schroeder temeu que a madeira queimada se despedaçasse, espalhando os restos carbonizados do Sr. Rudulfus pelo chão congelado. Irritado, o Diretor agachou-se ao lado da caixa e olhou pelo buraco aberto na madeira, agora cheio de farpas.

— Mais uma vez! — gritou.

Os carregadores sacudiram a caixa uma derradeira vez e, ao fazê-lo, uma pequena bola caiu pelo buraco, pousando na mão estendida do Diretor.

— O que é isto? — sussurrou ele para o Legista.

— É o coração dele — respondeu o Legista, sorrindo de modo estranho.

O Diretor se ergueu desajeitadamente, mantendo o coração afastado, tomado por uma incrível sensação de medo. Ao fazê-lo, um corvo desceu do céu escurecido e agarrou o coração carbonizado do Sr. Rudulfus com as garras estendidas.

— Volte aqui, seu animal horrendo! — gritou o Diretor enquanto a ave seguia em direção ao céu. Mas o corvo parecia relutante e deu três voltas acima do grupo que acompanhava o funeral antes de pousar no topo de um choupo, onde ficou bicando, contente, o coração queimado do professor.

Assim, o corpo sem coração do Sr. Rudulfus foi enterrado no mausoléu e a porta, selada. Os integrantes do cortejo partiram, deixando para trás o filho do agente funerário — que ficou esperando pacientemente sob o choupo. Somente ao cair da noite o corvo se cansou da refeição horrenda e, com uma sacudidela violenta, jogou o coração no cemitério, onde ficou espetado em uma das lanças que cercavam o túmulo do marechal Berghopf. Com uma pá e uma escova, o filho do agente funerário varreu os restos carbonizados e embrulhou-os num lenço antes de voltar para casa.

No dia seguinte, um funeral tornou a acontecer no cemitério. Em suas mãos, Schroeder tinha uma pequena caixa de ébano. Uma placa de bronze havia sido gravada com as palavras *O Coração de Aristotle Rudulfus.*

Como era pouco prático abrir o mausoléu para uma oferenda carbonizada tão pequena, a caixa foi jogada num buraco raso ao lado do túmulo e coberta de terra.

A partir daquele dia, era comum encontrar corvos pousados na grama sobre o buraco, bicando a terra como se quisessem atormentar o Sr. Rudulfus na morte, assim como haviam feito em vida.

———◆———

Apesar de espetacular, o modo como o Sr. Rudulfus morreu foi considerado pouco satisfatório por Osbert. Foi mais por sorte do que por planejamento que o tutor foi morto. E, para piorar, tudo aquilo pusera a linda Isabella em perigo.

No entanto, Osbert ficou satisfeito ao ver uma feliz coincidência acontecer após a morte do Sr. Rudulfus, apesar de não poder assumir a responsabilidade por ela. O professor de Matemática, Anatole Strauss, ficara tão perturbado com a partida explosiva do Sr. Rudulfus que enlouquecera, convencido de que seu fim era iminente. O homem passara então a ser encontrado vagando pelas ruas da cidade, o bigode, antes bem encerado, sempre caído, o chapéu de feltro amassado e rasgado.

— A sanidade dele se foi — disse o Dr. Zimmermann, sério.

— Ele só chora e uiva — explicou a empregada de Anatole Strauss. — Não estou gostando disso.

O Dr. Zimmermann assentiu com a cabeça.

— Estou certo de que, em pouco tempo, o coração desse homem irá ceder.

Numa manhã gelada, apenas uma semana após o funeral do Sr. Rudulfus, enquanto Strauss atravessava uma rua perto da Edvardplatz, um de seus pés ficou preso no trilho enferrujado que corria ao lado da linha do bonde e que, um dia, havia guiado o cavalo mecânico do príncipe Eugene. Enquanto tentava se soltar, ouviu o inconfundível som de um bonde virando a curva e do condutor soando o sino. O rosto de Strauss empalideceu de terror enquanto o motorista pisava freneticamente nos freios. Mas já era tarde demais.

No fim, não foi o coração de Anatole Strauss que cedeu. Foi o seu pescoço.

Capítulo Quatorze

O INSTITUTO estava em silêncio. O Diretor andava pelos corredores soturnos, olhando pelas janelas das salas de aulas de seus colegas mortos, agora vazias. Era um homem cadavérico, um esqueleto ambulante, tão devastado pelo tempo, tão envenenado pelo desprezo que sentia pelos que o cercavam que parecia que cada respiração seria a última.

As mortes tão seguidas do Sr. Rudulfus e de Anatole Strauss haviam abalado muito o Diretor e, à medida que as semanas passavam, ele se recolhia ainda mais nos recessos escuros do Instituto. Seu rosto tinha um olhar assombrado e seus olhos haviam escurecido, como se tivessem sido pressionados para dentro da casca murcha que era a sua cabeça.

A situação ia de mal a pior. Até o Porteiro fora obrigado a dar aulas, algo que fazia com uma satisfação sinistra.

No entanto, muitos pais haviam tirado seus filhos do Instituto, mandando-os para internatos fora de Schwartzgarten ou deixando que estudassem em casa, onde podiam manter um olhar atento sobre as crianças. Entretanto, o Sr. e a Sra. Myop, que viviam assustados com a inteligência da filha, continuaram a mandar Isabella para o Instituto.

Com uma determinação ferrenha e percebendo que, sem professores, o Instituto teria que fechar as portas, o Diretor pôs um anúncio nos jornais, convocando novos tutores:

Instituição acadêmica agradável e progressista procura professores substitutos dedicados e amáveis. Salários promissores. Candidaturas serão aceitas por correio.

Mas as histórias sobre os acontecimentos sombrios de Schwartzgarten haviam se espalhado até muito longe da cidade. Ninguém caiu nas mentiras do Diretor. Somente uma candidatura foi recebida. E de uma pessoa que não quis assinar seu nome — apenas escreveu suas iniciais: A. M. L.

Quando o Diretor entrou em seu escritório para entrevistar o candidato, o homem estava parado ao lado da janela, olhando para o pátio, de costas para a porta. Algo no ar perturbou o Diretor: o aroma óbvio de óleo de amêndoas.

O homem virou-se da janela e, no cômodo mal-iluminado, o Diretor pôde ver apenas o rosto de Augustus Maximus Lomm.

———•———

Naquela noite, enquanto a Sra. Brinkhoff e Babá preparavam o jantar, a família ouviu uma leve batida na porta do apartamento. A Sra. Brinkhoff abriu-a e olhou para a escuridão. A lâmpada do saguão piscava e estalava, lançando luz suficiente para ela distinguir a figura do Sr. Lomm, vestindo um sobretudo preto de lã e um cachecol em volta do pescoço. Ele acenou com a cabeça, educado.

— Sra. Brinkhoff, não sei se a senhora se lembra de mim. Nós nos encontramos uma vez na Edvardplatz...

— Se me lembro do senhor? — respondeu a Sra. Brinkhoff, os olhos brilhando à luz elétrica. — É claro que me lembro do senhor, Sr. Lomm. Por favor, por favor, entre.

O Sr. Lomm sacudiu a água do guarda-chuva e entrou no apartamento.

— E como está o Sr. Brinkhoff?

A Sra. Brinkhoff balançou a cabeça, triste.

— Mal — respondeu.

— Sempre há esperança — afirmou o Sr. Lomm, gentil.

A mulher assentiu e bateu levemente na porta do quarto de Osbert.

— Osbert — sussurrou. — Tem uma pessoa aqui fora que gostaria muito de falar com você.

Por um instante, Osbert hesitou. Seria o Inspetor de Polícia esperando por ele na porta? Será que havia sido descuidado e deixado outra pista? Lentamente, Osbert girou a maçaneta e abriu a porta.

Ao sair para a sala de estar, não pôde acreditar no que via. Ali, parado à sua frente no tapete surrado, estava o Sr. Lomm.

— É mesmo o senhor? — sussurrou Osbert, temendo que, se erguesse a voz, a imagem desaparecesse no ar.

O Sr. Lomm riu.

— Sim, sou eu. — O tutor tirou os óculos e limpou as manchas gordurentas de chuva das lentes. — E como você está?

Osbert não tinha certeza de como deveria responder. Queria contar ao Sr. Lomm que estava muito melhor, que matar três professores deixara-o mais feliz do que nunca. No entanto, tinha certeza de que não era a coisa certa a fazer. Afinal, o que o Sr. Lomm diria? Será que concordaria que todos os professores haviam merecido seu destino ou pegaria o telefone e ligaria para a polícia?

— Estou muito bem, obrigado — respondeu Osbert.

— Como você cresceu — notou o Sr. Lomm.

Aquilo não era realmente verdade. Osbert crescera muito menos que outras crianças de sua idade, mas, mesmo assim, as palavras do Sr. Lomm realizaram sua mágica e Osbert brilhou, orgulhoso.

O rosto do Sr. Lomm ficou sério, e ele encarou Osbert, ansioso.

— Soube pelo Diretor que você não estuda mais no Instituto.

Osbert balançou a cabeça.

— Isso foi errado — continuou o professor. — Sua nota na prova foi impressionante. Não havia razão nenhuma para negarem o Violino de Constantin para você. Tentei argumentar, mas infelizmente... — Ele se interrompeu. — Você sabe o resto da história, é claro.

Lomm riu, envergonhado, e virou-se para a Sra. Brinkhoff.

— Retomei meu cargo no Instituto e espero que, com o tempo, as coisas melhorem. Meu maior desejo é que Osbert volte para a escola. No entanto, enquanto isso, vou dar aulas particulares de violino para alguns alunos. — Sorriu para Osbert. — Espero que você aceite que eu seja seu novo professor.

— Infelizmente, não temos dinheiro para pagar as aulas — informou a Sra. Brinkhoff, desculpando-se. — Mas talvez eu possa fazer alguns turnos a mais na fábrica de cola...

— Não, a senhora não entendeu — interrompeu o Sr. Lomm, extremamente envergonhado. — Não quero dinheiro. Acho que dar aulas a Osbert é o mínimo que posso fazer. Estou morando em cima da delicatéssen de Salvator Fattori, na avenida dos Ladrões. Se Osbert quiser, posso começar as aulas amanhã, às seis da tarde.

<hr />

Às cinco e meia do dia seguinte, depois de terminar o trabalho com Oskar Sallowman, Osbert seguiu para a primeira aula de violino com o Sr. Lomm. A delicatéssen ficava próxima ao Jardim Zoológico, num bairro conhecido como Portão dos Traidores. O Diretor estava tão desesperado para encontrar professores que o Sr. Lomm pôde pedir um salário maior e não se viu mais forçado a morar no porão escuro e úmido do Instituto.

Osbert abriu a porta da delicatéssen e o sino balançou, fazendo barulho. Era uma loja escura, ainda mais sombria por causa dos grandes salames e presuntos defumados que ficavam pendurados em ganchos no teto.

— Posso ajudar? — disse Salvator Fattori, aparecendo atrás do longo balcão de mogno.

— Vim falar com o Sr. Lomm — respondeu Osbert. — Tenho uma aula de violino.

Os dois ouviram um barulho nos fundos da loja, e o Sr. Lomm apareceu atrás de uma enorme perna de porco.

— Osbert! — disse, sorrindo. — Bem-vindo.

— Leve um pouco disto com você — ofereceu Salvator Fattori, cortando três grossas salsichas com alho, embrulhando-as em papel e entregando-as a Osbert.

— Obrigado — agradeceu Osbert, que sempre parecia se dar bem com açougueiros.

O Sr. Lomm guiou o caminho para o segundo andar, até uma pequena sala com um piso de madeira simples e muito poucos móveis. A única cor do cômodo vinha de um grande vaso de tulipas amarelas e sedosas na janela.

— Não sei se você se lembra do dia em que mostrei isto a você pela primeira vez — lembrou o Sr. Lomm, abrindo um armário e tirando a conhecida caixa de violino azul. — Foi o primeiro violino que ganhei. — Passou o instrumento para Osbert. — Talvez queira cuidar dele para mim.

Parado na sala do Sr. Lomm, tocando o precioso violino do professor, Osbert sentiu que nada de mal havia acontecido. No entanto, ele sabia que tinha que dar prosseguimento à sua tarefa. Enquanto o Diretor estivesse vivo, o trabalho do menino não estava terminado. Como sua mãe sempre dizia: "O trabalho que merece ser começado merece ser terminado."

Enquanto isso, na Delegacia de Polícia, a investigação sobre os assassinatos misteriosos em Schwartzgarten havia parado. O Inspetor havia considerado a possibilidade de o Sr. Lomm ser responsável pelas mortes horrendas que haviam ameaçado a cidade ou, mais especificamente, o Instituto. Afinal, o homem tinha motivos claros. Mas, como o Sr. Lomm estivera trabalhando numa escola às margens do lago Taneva e tinha um álibi para todos os assassinatos, o Inspetor, relutantemente, riscara o nome dele da lista de suspeitos.

Um novo capítulo começou no Instituto. As nuvens negras se afastaram um pouco com a volta do Sr. Lomm. O bondoso tutor não precisava mais esconder seus métodos de ensino cheios de compaixão e podia contar quantas histórias quisesse. As crianças comiam chocolate em vez de ensopado de peixe, e o licor de menta fluía a contento.

No entanto, todas as manhãs o Diretor contava as crianças que vinham à escola, observando-as com olhos apertados de sua pequena janela acima do pátio. E todas as noites ele tornava a contar as crianças que saíam. Não queria se arriscar. À noite, quando o relógio do saguão batia dez horas, o Diretor e o Porteiro se encontravam no pátio. Juntos, à luz de uma lamparina a óleo, eles acorrentavam e barravam os portões da escola. Os guardas que vigiavam os portões durante o dia eram liberados e desciam a colina correndo, loucos para voltar à cidade e jantar em casa.

Retirando-se para as profundezas do prédio, o Diretor finalmente trancava a porta do escritório, fechando todos os cadeados com cuidado.

Numa noite particularmente fria, duas semanas após a volta do Sr. Lomm, seguindo a rotina, o Diretor voltou para a segurança de seu escritório e trancou a porta atrás de si. Tinha sido tomado por uma mórbida sensação de mortalidade durante todo aquele dia e pedira que o Porteiro pusesse uma nova tranca na porta. Quando colocou o último cadeado no lugar, soltou um suspiro de alívio. O vento uivava pela sala, sacudindo as venezianas e as tapeçarias antigas que decoravam as paredes.

O Diretor ficou parado sobre o tapete de pele de tigre, ao lado do fogo resplandecente, observando os galhos de abeto estalarem e sibilarem em chamas. Tagarelava para si mesmo, esperando impaciente o barulho característico do elevador que sinalizaria a chegada de seu jantar, enviado pela cozinha, localizada muito abaixo dos seus cômodos.

Ao mesmo tempo, o Porteiro polia a limusine do Diretor com cera de abelha e óleo de coco. A campainha tocou nos portões de entrada.

— Como se eu não tivesse nada melhor para fazer — murmurou o Porteiro para si mesmo, enquanto andava até o pátio.

Uma pequena figura o esperava, parada, silenciosa, do lado de fora dos portões.

— Quem é você e o que você quer? — exigiu saber o Porteiro.

—213—

A figura deu um passo à frente. Era um homem pequeno, num sobretudo longo e com luvas de couro, de barba e bigode grisalhos. Usava um chapéu e óculos, e, ao sorrir, revelou um conjunto de dentes sujos. Tinha nas mãos uma garrafa de aguardente, que passou pelos portões para as mãos agradecidas e ávidas do Porteiro. Havia nela uma etiqueta presa a uma fita.

— O que é isto? — perguntou o Porteiro, olhando para a etiqueta na fraca meia-luz e conseguindo ler a seguinte mensagem: *Uma amostra da Destilaria Brammerhaus. Aprecie-a com nossos melhores votos.*

A boca do Porteiro se curvou para cima, formando um sorriso torto e desagradável.

— A noite está fria — disse. — Por que eu não poderia tomar um gole? — Tirou a rolha com os dentes e cheirou a bebida. Aguardente de maçã. Ótimo. Muito bom.

Deu um gole da bebida e sorriu. Tomou outro gole. No terceiro, já havia despencado no chão.

Osbert tirou o sobretudo, o bigode e a barba e removeu os dentes falsos. Passou a mão pelas grades dos portões e tirou uma chave da cintura do Porteiro. Abriu os portões e entrou no pátio. Esvaziou a garrafa de aguardente e colocou-a num bolso da capa de caça. Esgueirando-se pelas sombras, andou lentamente na direção do edifício cinzento e agourento do Instituto.

Na cozinha, a governanta andava do balcão para o fogão, enquanto a manteiga sibilava numa pequena panela de cobre. Ela abriu a porta do elevador e pôs na pequena plataforma uma linda prensa prateada com um pato grelhado e um prato quente de beterrabas com manteiga. Fechou a porta e puxou a corda, fazendo o elevador subir até os aposentos do Diretor. Cada movimento foi observado de perto por Osbert através da janela da cozinha. Ficou claro que o Diretor não iria para o túmulo de estômago vazio.

No andar de cima, o Diretor andava de um lado para o outro, esperando o barulho do elevador. A polia rangeu e o aroma delicioso de pato grelhado fez as narinas do homem se abrirem quando o vapor subiu pelo vão. O Diretor pegou a bandeja e sentou-se à mesa de jantar, para depois cortar fatias grossas e macias da carne e empilhá-las em seu prato. Jogou a carcaça do pato na prensa e girou a manivela para ouvir, com satisfação, os ossos se quebrarem dentro da geringonça prateada. Abrindo a pequena torneira na base da prensa, ele observou com prazer o caldo dos ossos pingar sobre a mesa.

Do lado de fora, quando os efeitos da aguardente batizada começaram a passar, o Porteiro finalmente acordou e percebeu que a chave dos portões não estava mais com ele.

— Sumiu — gemeu, vasculhando o pátio freneticamente à luz da lamparina.

Enquanto a governanta preparava a sobremesa do Diretor — bolinhos de canela —, uma batida desesperada soou na porta da cozinha.

— Quem é? — perguntou ela, com medo de que o Assassino de Schwartzgarten estivesse do lado de fora, à espreita.

— Sou eu — respondeu uma voz sibilante. — O Porteiro.

A mulher destrancou a porta, o coração batendo forte no peito.

— O que houve?

— Perdi — chorou ele. — Sumiu.

— Sumiu? O que sumiu? — perguntou a governanta. — Você andou bebendo?

— Isso não tem nada a ver — rosnou o Porteiro. — A chave dos portões. Estava comigo e agora não está. Sumiu. Quando o Diretor souber disso... — Ele voltou a chorar.

— Está bem, e o que quer que eu faça? — exigiu saber a Governanta.

— Venha me ajudar a procurar — retrucou o Porteiro.

A mulher correu para ajudar e, na pressa, se esqueceu de trancar a porta atrás de si.

O Porteiro e a Governanta vasculharam tudo, apoiados nas mãos e joelhos, tentando, em vão, encontrar a chave que agora estava guardada num dos bolsos da capa de Osbert. O menino, que ficara esperando pacientemente nas sombras do lado de fora, entrou em silêncio pela porta da cozinha, trancando-a depois de passar. Subiu no elevador, fechou a porta e começou a puxar a corda.

O Diretor estava se deliciando com uma segunda porção de pato grelhado quando ouviu o ranger familiar da polia no interior da parede, anunciando que o elevador se aproximava de seus aposentos, vindo da cozinha. Irritado, o homem se ergueu com um pulo e gritou para o tubo de comunicação:

— Ainda não é hora da sobremesa! O pato só vai estar terminado quando o caldo dos ossos acabar!

No entanto, ainda assim, o elevador rangia no vão.

— Ainda não! — berrou o Diretor. — Ainda não!

O elevador parou, fazendo barulho. Enlouquecido de raiva, o Diretor puxou a porta com força e, ali, olhando para ele, estava Osbert Brinkhoff.

— Mas... mas... como? — gaguejou o Diretor. — O Instituto estava trancado e seguro. Ninguém poderia ter entrado aqui. *Ninguém.*

O menino sorriu.

— Nem mesmo o Assassino de Schwartzgarten? — perguntou, educado.

O Diretor cambaleou para trás, horrorizado, batendo contra a mesa. Enquanto Osbert saía do elevador, o homem recuou ainda mais para um canto da sala. Não havia como fugir.

Com um esforço sobre-humano, o Diretor pareceu se controlar, assumindo o ar de anfitrião agradável.

— Por favor — disse, sorrindo de forma serviçal e indicando uma poltrona de couro. Tinha sido pego de surpresa. Apenas ao enrolar o visitante noturno ele poderia formular um contra-ataque. — Sente-se, por favor. Acho que devemos conversar.

Osbert fez o que o homem pediu e ficou sentado, parado, observando a presa de perto. O plano para despachar a vítima ainda não estava claro, mas o menino tinha certeza de que o cutelo mostraria um caminho. A arma parecia queimar no bolso de sua capa de caça, implorando para ser usada.

A pele do rosto do Diretor era fina como papel, tão esticada sobre o crânio que os olhos do homem pareciam querer saltar das órbitas.

— Então é responsável pelos assassinatos de Schwartzgarten — concluiu o Diretor, enquanto analisava o diminuto assassino sentado à sua frente.

Lentamente, Osbert assentiu com a cabeça.

— Você matou *todos* eles? — perguntou o Diretor.

— A Dra. Zilbergeld e o Sr. Rudulfus — respondeu Osbert. – A morte do professor Ingelbrod foi um acidente. E foi apenas uma coincidência feliz o fato de Anatole Strauss ter tido o pescoço quebrado por um bonde.

— Vai me matar também? — indagou o Diretor.

— Vou — respondeu Osbert, sinistro. — *Mortui non mordent.*

— Mortos não mordem — traduziu o Diretor. — Ou, mais claramente, mortos não falam. Seu latim é muito bom.

— Obrigado.

— Então você é o meu arqui-inimigo? — perguntou o Diretor. — Veio aqui para me destruir?

— Vim — respondeu Osbert, ansioso.

O Diretor sorriu. Era um sorriso desagradável. Os lábios finos e azuis se separaram para revelar os dentes enegrecidos.

— E como exatamente você vai me matar?

— Vou cortar o senhor em pequenos pedaços sangrentos com meu cutelo brilhante — explicou Osbert, sincero. Finalmente, ele tinha um plano: era brutal, mas lindo em sua simplicidade.

Apoiando as mãos nos braços da poltrona, o Diretor ergueu-se lentamente, os olhos se voltando para o florete do Bom Príncipe Eugene, que estava pendurado num gancho dourado na parede. Tentou dar um passo à frente, apoiado em sua bengala. Entretanto, Osbert foi muito mais rápido e, antes que o Diretor pudesse pegar o florete, o menino já bloqueara o caminho.

Osbert pôs a mão no bolso da capa e pegou o cabo de madeira do cutelo.

— Chegou a hora — disse, sacando a arma. Ela brilhou à luz bruxuleante do fogo.

— Parece que você não entendeu — disse o Diretor, antes de sorrir, os lábios finos se partindo. — Tem que aprender mais uma lição.

Com uma rapidez incrível, o homem girou a empunhadura prateada da bengala duas vezes para a esquerda e uma para a direita e tirou dela um florete afiado, que ficava escondido dentro do invólucro da bengala.

— *Ars moriendi* — sibilou. — A arte de morrer.

Osbert deu um passo para trás e o saudou, levando a lâmina do cutelo até o rosto, como o Diretor havia ensinado. No entanto, seu oponente não tinha a honra em mente. Desejava despachar aquele adversário diminuto o mais rápido possível.

Osbert nem teve tempo de gritar *"en guarde"* antes de o Diretor atacá-lo, apontando o lindo florete para o coração do menino. Mas ele havia treinado Osbert muito bem e o garoto soube se defender do golpe. O florete bateu na lâmina polida do cutelo, soltando faíscas no ar.

— Um excelente movimento — sibilou o Diretor. — Agora, ao ataque!

O homem pôs a mão para trás, tirou o florete dourado do Bom Príncipe Eugene da parede e jogou a bengala no chão.

Enquanto o Diretor o atacava com o florete, Osbert recuava até chegar à lareira de ardósia. Sentindo o cheiro de tweed queimado, o menino olhou para baixo e viu a barra da capa brilhar e se carbonizar. O Diretor deu um golpe agressivo com o florete e Osbert desviou-se lindamente da arma, correndo de volta para o centro da sala. O Diretor tropeçou para a frente, chegando perto demais do fogo e enfiando a ponta do florete no carvão quente. Por fim, puxou a arma da fogueira, virando-se rapidamente.

— Então você acha que pode escapar, não é? — sussurrou, malevolente.

No entanto, ao andar na direção de Osbert, o homem não ouviu a tora de abeto em chamas cair da lareira, rolar para o tapete e começar a fumegar e queimar.

O Diretor deu outro golpe, empurrando Osbert para o canto mais escuro da sala. Apesar de o homem ser um espadachim brilhante, o menino tinha a juventude e a habilidade a seu favor. Além disso, tinha muita engenhosidade. Enquanto afastava-se do Diretor, percebeu uma enorme tapeçaria pendurada atrás do homem, bordada com o mesmo lema que havia sido pintado no relógio do ginásio: *SI HOC LEGERE SCIS NIMIUM ERUDITIONIS HABES.*

Finalmente o sentido da frase tornou-se claro.

— Se puder ler isto, é porque recebeu educação demais! — gritou Osbert.

— Morra! — berrou o Diretor, furioso, atacando o menino com a lâmina dourada do florete.

A tapeçaria estava presa a dois pedaços de corda, ambos muito gastos. Enquanto desviava dos golpes de florete que choviam sobre ele, Osbert pôs a mão livre às costas e segurou a tapeçaria. Puxou-a com força e logo uma das cordas arrebentou. A tapeçaria antiga começou então a cair, formando uma nuvem espessa de poeira no processo.

— Meus olhos! — gritou o Diretor, momentaneamente cego por causa do pó.

Osbert puxou com força a outra ponta da tapeçaria, que se soltou do teto. O Diretor tropeçou e foi envolvido pelo tecido que caía. Deu um passo para trás, gritando furiosamente e tentando se equilibrar, antes de cair de costas na mesa de jantar. Ao fazê-lo, bateu com a cabeça na prensa prateada e parou, imóvel, no tapete de pele de tigre. O florete caiu ao seu lado, a ponta monogramada partida. Osbert pegou o fragmento quebrado da arma e guardou-o no bolso. Ficou parado por um instante, observando a cena de devastação à sua frente.

A tora em chamas havia posto fogo no tapete, e a pele de tigre, carcomida pelas traças, parecia ter ganhado vida. Rugindo, em chamas, o tapete pusera fogo numa das outras tapeçarias da sala, que sibilava e soltava fagulhas perigosas. O fogo assumira o controle de todo o cômodo. As pesadas cortinas de veludo queimavam e batiam contra a janela aberta. Uma pilha de papéis bruxuleava e estalava sobre a mesa do Diretor enquanto era mandada pelos ares pelo vento, espalhando-se pelo cômodo como criaturas aladas aterrorizantes. Os livros de capa de couro cuspiam e assobiavam à medida que ondas de fogo subiam pela grande estante de mogno ao lado da porta.

Osbert só tinha uma saída, e era a mesma que havia usado para entrar. Deixando a figura prostrada do Diretor à mercê das chamas devastadoras, o menino fugiu. Tinha completado sua tarefa, e seu coração estava tomado de alegria. Rapidamente, entrou no elevador e começou a soltar a corda para voltar à cozinha. A fumaça cinzenta sufocante já começava a descer pelo vão. Ele tinha pouco tempo.

De repente, o elevador travou. Osbert puxou a corda, mas não foi capaz de mexê-la. De cima, ouviu um barulho estranho: o ranger da corda passando lentamente pela polia. O menino sentiu o elevador ser puxado para cima, de volta para os aposentos do Diretor e para o fogo, que agora tomava os andares superiores do Instituto. Desesperado, Osbert começou a cortar a corda com a lâmina do cutelo.

Uma voz veio da porta do elevador:

— Eu sei que você está aí embaixo — sibilou o Diretor, venenoso.

Mais uma vez, o elevador foi puxado para cima. O calor era insuportável e Osbert não conseguiu acreditar que o homem não tivesse sido cozido vivo. O medo emaranhou suas entranhas quando o elevador foi puxado até porta e parou. Lá estava o Diretor, a cabeça sangrando, as roupas queimadas, um sorriso diabólico no rosto.

— Não dispensei você da aula, Brinkhoff!

O homem deu um golpe, e a ponta quebrada do florete dourado rasgou o ombro do menino, iniciando um fluxo de sangue escarlate, que lavou a camisa imaculadamente branca de Osbert.

O garoto encolheu-se de dor e pôs a mão na ferida.

— Saia, moleque! — berrou o Diretor, pegando Osbert pelo colarinho da capa queimada, tirando-o do elevador e trazendo-o para a sala em chamas.

Com um movimento do florete, o Diretor cortou os últimos fios de corda e mandou o elevador voando para a cozinha, onde a plataforma se quebrou em pedaços irregulares de mogno.

— Não há como nenhum de nós dois fugir — rosnou o Diretor, lutando para ser ouvido por sobre o rugir das chamas.

O homem deu um passo à frente enquanto Osbert cortava o ar desesperadamente com o cutelo.

— Não chegue mais perto! — gritou o menino.

— Cadê a sua coragem agora, moleque? — grasnou o Diretor.

Enquanto o homem dava outro passo, Osbert lançou o cutelo, que girou, brilhando à luz do fogo. O menino havia tentado atingir a cabeça do Diretor, mas o lançamento foi mal calculado e o homem percebeu. Cacarejando de alegria, o Diretor estendeu a mão e pegou habilmente o cabo do cutelo no ar. No entanto, a felicidade teve vida curta. Ele desequilibrou-se ao pegar a arma e tropeçou para trás, na direção do vão do elevador. O cutelo e o florete despencaram no chão, fazendo muito barulho, enquanto o Diretor batia os braços, lutando freneticamente para manter-se de pé. Osbert aproveitou a oportunidade e correu com toda força na direção do Diretor, empurrando-o para o vão. Os braços do homem debateram-se com fúria, as unhas agarrando, prendendo-se aos tijolos. De alguma forma, o Diretor conseguiu segurar-se com a mão esquerda, depois com a direita, as pontas dos dedos embranquecendo, agarrando com força o painel de madeira do elevador. Osbert encarou-o.

— Por que fez tudo isso? — perguntou o Diretor, ofegante. — Porque expulsamos você?

Osbert balançou a cabeça.

— Por causa da maneira que vocês trataram Isabella e meus pais.

— Seu pai... — riu o Diretor. — Ele tem cérebro, mas nem um pingo de força.

— Por que você não o aceitou no Instituto?

O Diretor sorriu.

— Ele tirou a maior nota que já vimos no exame de admissão. Foi até maior do que a sua. — A verdade horrenda atingiu Osbert com mais força que qualquer florete. — Ele era um menino inteligente demais. Negar-lhe uma chance de estudar no Instituto era a melhor maneira de acabar com os sonhos dele.

O Diretor grunhiu e lutou para continuar se segurando. Suas forças se esvaíam. Sua voz tremeu repentinamente de medo:

— Não tem que fazer isso, Brinkhoff.

— Você está errado — respondeu Osbert. — Tenho, sim.

E, dizendo isso, o menino soltou, um a um, os dedos do homem da moldura do elevador.

O Diretor gritou, os dedos raspando, as unhas sendo arrancadas enquanto ele despencava pelo vão. Terminou empalado num dos pedaços de madeira da plataforma quebrada do elevador. Osbert olhou para baixo e viu o homem contorcer-se pela última vez e ficar imóvel, um fio de sangue escorrendo pelos lábios sem vida. Estava finalmente morto.

O fogo agora era tão forte que as tábuas do assoalho começavam a se soltar e a se quebrar e os painéis de vidro das janelas, a se partir Osbert arquejou, tentando recuperar o fôlego, tropeçando cegamente pela nuvem sufocante de fumaça que o cercava, soprada pelo vento que vinha das janelas sem vidro. O menino caiu de joelhos e começou a arrastar-se pelo chão, onde a fumaça era mais fina. Estava desesperado para fugir, mas não podia ir embora sem recuperar qualquer possível prova. Onde estava o seu cutelo?

Então, uma rajada gelada de vento ergueu o véu de fumaça por um breve instante, revelando a arma caída, que brilhava como ouro polido à luz do fogo. Osbert tirou o florete quebrado do Diretor de cima dela e pegou o cutelo, guardando-o no bolso. Tateou o caminho de volta pelo tapete em chamas e ergueu-se com dificuldade. Sentado na porta do elevador, ele passou as pernas para dentro do precipício. Dentro do vão havia uma série de degraus de ferro que tinham sido usados pelos pedreiros que haviam construído o Instituto muitos anos antes. Osbert tinha apenas uma chance. Pondo as mãos ao lado do corpo, ele se empurrou da plataforma de madeira em que estava sentado e pulou até o primeiro degrau. As mãos do menino agarraram a barra de metal, mas ele não conseguiu se segurar e caiu. Por sorte, durante a queda, a capa de caça voou para cima, prendendo-se num vergalhão enferrujado no meio do fosso, interrompendo a queda de Osbert de forma abrupta. Balançando em seu paraquedas de tweed Brammerhaus, o menino tateou a escuridão e descobriu outra barra de ferro. Segurando-a com força, estendeu a perna e encontrou um apoio para o pé. Estava salvo.

Osbert soltou a capa do vergalhão e, lentamente, foi descendo pelo fosso do elevador.

Foi a Sra. Mylinsky quem primeiro percebeu o brilho alaranjado no horizonte, bem acima da cidade. Chamas saíam pelas janelas do Instituto, tornando o céu escuro de Schwartzgarten ainda mais cinzento com as ondas de fumaça. Logo as ruas da cidade ficaram cheias de pessoas que tentavam chegar à colina enquanto o enorme imóvel queimava.

O calor do fogo era tão intenso que o Porteiro, incapaz de encontrar sua chave, usara o carro do Diretor a toda velocidade para abrir os portões de ferro fundido e fugir. Agora, desejava em segredo que o Diretor estivesse morto e que não tivesse que enfrentar as consequências, caso o homem descobrisse os portões destruídos e o carro amassado. A governanta chorava, histérica, e o Porteiro tentava confortá-la com aguardente de ameixa.

— Não consegui voltar à cozinha! — gritava ela para o Inspetor de Polícia, que tentava recuperar o fôlego depois de ter corrido até o topo da colina. — A porta estava trancada. Não podíamos fazer nada. Nada, é o que estou dizendo.

— Tenho certeza de que fizeram o que podiam — afirmou o Inspetor, tranquilizando a mulher.

— Talvez tenha sido apenas um grande acidente — sugeriu o Guarda

A governanta olhou para o homem como se ele fosse um idiota, e Massimo latiu.

— Você acha que foi um grande acidente? Foi obra do Assassino de Schwartzgarten, isso sim. Ele deve estar lá em cima, matando o Diretor. Antes que possa piscar, ele vai ser esquarte-jado na própria cadeira, a garganta cortada e o fígado e os rins arrancados. Pode ter certeza.

O Inspetor tirou o sobretudo e dobrou as mangas da camisa, certo de que era o momento propício para uma ação heroica.

—227—

— O fogo está forte demais — informou o Porteiro. — Você vai ser torrado se entrar lá agora.

— Você está certo — respondeu o Inspetor, afastando-se das chamas e recolocando o casaco. Ações heroicas eram uma coisa, mas morrer no processo era bem diferente. O Inspetor era um homem muito prático.

— Mas o Diretor ainda está lá dentro! — gritou a governanta.

Um grunhido soou do telhado quando as vigas cederam com o peso das enormes gárgulas de pedra. A parede da frente do Instituto desmoronou, destruindo a estátua de Julius Offenbach quando as pedras caíram no chão. Ninguém podia fazer nada além de observar o Instituto ser destruído pelo fogo.

Quando a multidão começou a ir embora, Isabella não se mexeu. A destruição do Instituto não era um acidente — tinha certeza disso. Mas o que teria acontecido com Osbert? Ela procurou o menino por todos os cantos, aproximando-se o máximo que podia dos vestígios escaldantes do prédio. Será que Osbert estava morto? Isabella virou-se. Ali, à sua frente, estava uma pequena figura, o rosto e as roupas manchados de fuligem. A menina não acreditou no que via à luz do luar.

— Osbert? — sussurrou.

A figura aproximou-se e estendeu a mão. Isabella estendeu a dela e pegou o objeto que o estranho lhe oferecia. Era a ponta de um florete, gravada com o monograma do Bom Príncipe Eugene. Era a ponta do florete do Diretor. Isabella sorriu.

— Acabou — informou Osbert.

Na manhã seguinte, enquanto atravessava de bonde a cidade para voltar aos vestígios carbonizados do Instituto, o Inspetor de Polícia analisou os acontecimentos recentes. O professor Ingelbrod morrera de fome, a Dra. Zilbergeld fora cortada em pedacinhos pela máquina de strudels, o Sr. Rudulfus havia sido queimado até a morte na Caixa de Estrelas, Anatole Strauss fora atropelado por um bonde. E agora o Diretor estava morto.

Desesperado, ele abaixou-se para examinar o chão. Depois de vasculhá-lo por alguns minutos, descobriu uma pequena série de pegadas que passavam pelas cinzas em passos curtos. As peças do quebra-cabeça pareceram, por fim, encaixar-se em seu cérebro. O Inspetor de Polícia teve a certeza de que a pessoa responsável pelos assassinatos tinha uma estatura pequena, pouco mais 1,20m de altura. Ele sorriu, confiante.

— Estamos procurando um anão assassino — anunciou.

As únicas coisas que se mantiveram inteiras para lembrar aos passantes que o Instituto existira de verdade foram as quatro gárgulas do telhado, que caíram no chão e agora surgiam das cinzas. Muito pouco foi encontrado do Diretor, exceto alguns ossos carbonizados e a lâmina quebrada de seu florete, manchada, mas ainda brilhante.

Enquanto o rabecão andava, carregando os ossos calcinados do Diretor até seu lugar de descanso, os cidadãos de Schwartzgarten começaram a tomar as ruas. A mão de ferro que o Instituto mantinha sobre a cidade finalmente fora destruída.

A multidão invadiu o cemitério quando o caixão do Diretor seguiu para o mausoléu, adornado com uma coroa de hera. O Legista, o agente funerário e o Inspetor de Polícia tiraram seus chapéus, fizeram uma reverência respeitosa e saíram em seguida do cemitério, enquanto o céu se tornava repentinamente negro, como tinta que toma a água. A multidão foi embora.

Apenas Osbert e Isabella ficaram ao lado do túmulo, escondidos pela monumental estátua da Morte. Havia alegria em seus corações.

Capítulo Quinze

FOI ASSIM que Augustus Lomm começou a dar aulas para as crianças que ainda estudavam no Instituto na sala acima da delicatéssen de Salvator Fattori. De início, apenas um punhado de crianças estudava com ele: Osbert, Isabella, Ludwig, Louis e a Pequena Olena. No entanto, o Sr. Lomm tinha certeza de que, com o tempo, a nova escola cresceria.

Pelo menos por um período, a vida pareceu voltar ao normal. A tarefa de Osbert estava terminada e ele havia conseguido mascarar bem as pistas. Os jornais tinham noticiado que um conjunto pequeno de digitais fora descoberto na lâmina do florete do Diretor, mas, como as digitais de Osbert não estavam no registro da delegacia, ele não corria risco algum — contanto que nunca fosse considerado suspeito.

Com o passar das semanas e pelo fato de nenhuma outra morte ter acontecido, o prefeito de Schwartzgarten decretou que o Assassino fugira da cidade. O Inspetor de Polícia não ficou convencido, mas o prefeito exigiu que o enorme arquivo sobre o caso recebesse o carimbo de *Arquivado*. Ele não gostava de coisas malresolvidas.

Quando assumiu o cargo de Diretor Substituto do Instituto, o Sr. Lomm declarou que as notas de Osbert e Isabella na prova para uso do Violino de Constantin ainda valiam. Apesar de a nota de Osbert ser maior que a de Isabella, Lomm sugeriu que o real vencedor fosse decidido com base apenas em seus conhecimentos musicais.

Como o Instituto tinha sido reduzido a cinzas e pedras caídas, foi decidido que o concerto deveria ser realizado no palco da Ópera de Schwartzgarten.

Todos os dias, Osbert e Isabella ensaiavam juntos — por vezes na casa dos Myop, por vezes no apartamento de Babá. Na noite do recital, enquanto Osbert praticava escalas na cozinha, Babá revirava o quarto do menino, juntando roupas sujas para levar para a lavanderia. Enquanto fazia isso, um botão do pijama de Osbert caiu e rolou para debaixo da cama; por isso, Babá se agachou, apoiando-se nas mãos e nos joelhos e murmurando, irritada, para si mesma. Tateando embaixo da cama, ela deslocou a tábua solta onde Osbert guardava suas economias.

— *Fundos para a Guerra?* — leu Babá, curiosa.

Ao lado dos potes estava a capa de Osbert, dobrada com cuidado. Babá puxou-a, deixando cair a melhor camisa branca do menino, queimada e manchada de sangue. Abaixo da camisa estava o cutelo, ainda coberto da fuligem do incêndio no Instituto. A mulher prendeu a respiração.

— O que está fazendo? — perguntou uma voz.

Babá virou-se e viu Isabella, que observava com interesse.

-232-

— É muito feio espionar os outros — respondeu Babá, pondo a tábua do assoalho de volta. — Você podia ter me causado um derrame. — Ela enrolou a capa, a camisa e o cutelo, pôs tudo na cesta de roupas sujas e saiu correndo pela porta.

———◆———

Osbert nunca havia entrado na Ópera. Era um salão enorme, com um palco alto no meio. Do teto pendiam candelabros de cristal e as paredes eram adornadas com estátuas de gesso dos grandes compositores de Schwartzgarten.

Era uma noite fria, e a Sra. Myop estava sentada numa das cadeiras da plateia, enrolada num casaco de visom. Envergonhada pelo fato de suas roupas estarem comidas por traças, a Sra. Brinkhoff dobrou as mangas de seu casaco, evitando que a Sra. Myop visse os buracos. Ao lado da Sra. Brinkhoff estava o Sr. Brinkhoff, que havia sido levado até a Ópera em sua cadeira de rodas. Ao lado dele, estava Babá, que analisava centenas de possibilidades sombrias enquanto pensava na camisa queimada e manchada de Osbert.

Quando o prefeito de Schwartzgarten tomou seu assento no camarote real, o público ficou em silêncio. As cortinas foram erguidas e o Sr. Lomm entrou no palco, iluminado por um único holofote. Ele tossiu polidamente e fez uma breve reverência ao prefeito.

— Vossa senhoria e caros cidadãos de Schwartzgarten. É com imenso prazer que recebo vocês no recital de hoje. A Orquestra

—233—

Imperial de Schwartzgarten vai tocar a primeira e, infelizmente, a última sinfonia de Constantin Esterburg. No entanto, antes disso, é meu orgulho apresentar os dois alunos mais exemplares do Instituto: Osbert Brinkhoff e Isabella Myop.

Osbert e Isabella entraram no palco e foram cegados pelas luzes fortes. Uma grande salva de palmas foi ouvida e ecoou como um trovão em toda a vasta sala de concertos. O Sr. Lomm abriu a caixa do Violino de Constantin e retirou, com cuidado, o precioso instrumento.

— Para começar o recital competitivo de hoje, Osbert Brinkhoff vai tocar "A Valsa da Morte".

Osbert baixou o atril e virou a folha com a música. O Sr. Lomm entregou o violino ao menino, e ele cuidadosamente untou as cordas com um pedaço de breu.

Osbert pôs o violino sob o queixo. O instrumento cheirava a cera de madeira e história. O menino fechou os olhos e imediatamente imaginou que havia sido transportado para os dias em que o próprio Constantin Esterburg distraía o príncipe Eugene.

Enquanto tocava, Osbert sentiu a vibração das cordas passar por seu pulso direito e entrar em seu braço. Era como se o violino tivesse se tornado parte dele. As notas sombrias subiam e desciam, enchendo a Ópera com uma sensação linda e intoxicante de tristeza. Era o suficiente para partir o coração de alguém — a música era bela demais.

Isabella observou o amigo das coxias. Sabia que Osbert iria ganhar, e a ideia fazia seu estômago se contorcer.

Quando Osbert tirou o arco das cordas, fez-se silêncio. Toda a plateia ficara hipnotizada com a beleza sombria da performance.

O Sr. Lomm quebrou o feitiço, aplaudindo Osbert calorosamente e entrando no palco para apresentar Isabella.

— E agora Isabella Myop tocará "Nas Negras Florestas de Schwartzgarten".

— Boa sorte — sussurrou Osbert, e a menina andou até a ponta do palco.

O Sr. e a Sra. Myop brilharam de orgulho quando a filha pegou o Violino de Constantin e começou a tocar.

Isabella era uma violinista excelente. Sua apresentação foi impecável. No entanto, faltava a ela a profundidade da performance de Osbert. Ela pôde ver como a música do menino havia ultrapassado o palco e encantado o público, mas, apesar de todos os seus esforços, não podia lançar o mesmo feitiço intoxicante. Por isso, enquanto tocava, um pensamento tomou sua cabeça. Não importava o quanto ela tentasse se libertar dele, o pensamento não ia embora.

No fundo de sua alma, Isabella Myop havia começado a odiar Osbert Brinkhoff.

— Muito bom. Excelente, excelente — disse o Sr. Lomm, abrindo um sorriso largo enquanto a menina agradecia os aplausos. — O Instituto está muito orgulhoso de você. Muito orgulhoso dos dois.

Osbert e Isabella voltaram para suas famílias. A Sra. Brinkhoff apertou os braços de Osbert e o Sr. Brinkhoff deu uma série de

—235—

tapinhas nas costas do filho. O Sr. Lomm devolveu o violino à caixa.

O diretor musical da Ópera reuniu-se com o Sr. Lomm. Só havia um resultado possível.

O prefeito de Schwartzgarten foi até o palco apresentar o resultado. Osbert e Isabella esperaram pacientemente em seus lugares.

— Bons cidadãos de Schwartzgarten — começou o prefeito. — Não preciso dizer que esses últimos tempos têm sido estranhos. Ver tantos professores assassinados das maneiras mais horrendas... Eu temi que nossas crianças sofressem com toda essa tristeza. Mas não. Aqui estamos. Aqui estou eu. E aqui está Osbert Brinkhoff.

O Sr. Lomm tirou Osbert de seu lugar e trouxe-o de volta para o palco. A garganta de Isabella parecia ter travado e o sangue fervia em suas veias.

— Agradeça, menino — disse o prefeito. — Acabou de ganhar o Violino de Constantin.

Osbert sorriu, mal ousando acreditar no que havia acontecido. O Violino de Constantin era seu por um ano. Ele não precisaria mais se contentar em olhar o instrumento através de uma vitrine. Era dele para que tocasse sempre que quisesse.

Isabella olhava para o chão, incapaz de encontrar os olhos do rival. Enquanto o público aplaudia, Osbert sussurrou para a amiga:

— Talvez a gente possa *dividir* o violino.

No entanto, Isabella não tinha intenção nenhuma de dividir nada. Enquanto Osbert aceitava o Violino de Constantin do prefeito de Schwartzgarten, um plano já se formava na cabeça da menina.

<hr />

Quando voltou para casa, Osbert fechou a porta do quarto, abaixou-se e ergueu a tábua solta embaixo da cama. Tirou do assoalho os potes de economias.

— *Fundos para a Guerra* — leu, sorrindo para si mesmo e retirando a etiqueta.

Seus tutores haviam sido vencidos e ele não precisava mais guardar dinheiro para guerra nenhuma. Em vez disso, podia gastá-lo em macarrons e suco de cranberry, um consolo para a pobre Isabella. Mas, quando recolocou o pote embaixo do assoalho, foi repentinamente tomado pelo medo. Onde estava a capa de caça e a camisa manchada de sangue? E onde estava o cutelo?

Osbert ouviu uma batida leve na porta e jogou o pote de dinheiro entre os lençóis. Babá entrou no quarto.

— Alguém entrou no meu quarto — afirmou Osbert, olhando para Babá com desconfiança.

— Talvez tenham entrado, talvez não — respondeu Babá.

— Uma coisa foi tirada daqui — continuou Osbert.

— Talvez — disse Babá. — E se foi, talvez tenha sido escondida onde nenhuma alma poderá encontrar. — Ela deu uma série de tapinhas no braço de Osbert.

O menino sorriu.

— Faça com os outros antes que possam fazer com você — sussurrou ele.

Babá assentiu, concordando.

Babá teria protegido Osbert até o fim dos tempos, mas os acontecimentos se encadearam mais rápido do que ela poderia ter previsto. Na manhã seguinte, Isabella saiu silenciosamente da loja de doces dos Myop e entrou num táxi.

— Para a Delegacia de Polícia, por favor — disse, segurando uma caixa nas mãos.

Ela havia reunido uma coleção interessante de lembranças do Assassino de Schwartzgarten: migalhas secas de massa da Fábrica de Strudels Oppenheimer, a Cola do Sorriso Forçado do Sr. Rudulfus e a ponta quebrada do florete do Diretor. Era toda a prova de que a menina precisava.

Ao chegar à delegacia, Isabella pôs a caixa no balcão e ergueu a tampa.

— O que é tudo isto? — perguntou o sargento, rindo, nervoso.

— Provas — explicou a menina. — Tudo que vocês precisam para prender o Assassino de Schwartzgarten está dentro desta caixa.

O sargento telefonou para o Inspetor de Polícia. O Inspetor, cuja mulher ainda se recusava a deixá-lo voltar para casa, estava sentado à mesa de sua sala, no segundo andar da delegacia, fazendo a barba com a ajuda de um espelho de bolso. Quando o telefone tocou, fazendo muito barulho, ele feriu a lateral do rosto com a lâmina afiada de sua navalha.

— Droga! — gritou, atendendo o telefone com uma das mãos e estancando o fluxo de sangue com a outra. — Está tentando me fazer ter um infarto?

— Não, Inspetor. Sinto muito, Inspetor — cuspiu o sargento. — É que uma menininha chegou aqui com uma caixa de provas.

— Provas? — latiu o Inspetor. — Provas do quê?

O sargento sussurrou para o fone:

— Da identidade do Assassino de Schwartzgarten.

O Inspetor correu para o andar de baixo, fechando a navalha e ajeitando os cabelos.

— O que está acontecendo aqui? — murmurou, enquanto aproximava-se de Isabella, que aguardava pacientemente. — Provavelmente quer fazer a polícia perder tempo, não é?

O sargento entregou a caixa ao Inspetor. O homem olhou para ela, impressionado. Tirou um pequeno pedaço de metal retorcido.

— Acho que é da espada do Diretor — explicou a menina. — Vi Osbert Brinkhoff deixar esta caixa cair na rua, do lado de fora da loja de doces do meu pai. Imagino que contenha pistas valiosas. Talvez, se o senhor analisar as digitais presentes nela...

O Inspetor olhou assustado para a menina.

— Você disse que viu o garoto deixar esta caixa cair?

Isabella fez que sim com a cabeça.

— E talvez — continuou ela, com cuidado —, se comparar as digitais com as encontradas no florete do Instituto, o senhor descubra que são da mesma pessoa.

Muitas horas depois, enquanto a escuridão tomava a cidade, o Inspetor de Polícia se arrastou pelas escadas até o apartamento dos Brinkhoff. Tinha a respiração ofegante ao chegar à porta deles e enxugava o suor da cabeça e do pescoço com um enorme lenço.

— Isso me dá arrepios — disse enquanto o Guarda tocava a campainha do apartamento de Babá.

Não parecia possível que um menino tão jovem pudesse ter cometido aqueles assassinatos. No entanto, Isabella Myop estava certa: as digitais que haviam sido colhidas dos vestígios carbonizados do Instituto combinavam perfeitamente com as encontradas nos objetos da caixa de provas.

A Sra. Brinkhoff atendeu a porta.

— Posso ajudar?

O Inspetor de Polícia tirou o chapéu e pareceu incomodado.

— É sobre o seu filho.

— É? — indagou a Sra. Brinkhoff. — O que houve com ele?

O Inspetor mal sabia por onde começar.

— Temos razões para acreditar que o jovem Osbert pode ser o Assassino de Schwartzgarten.

— É melhor o senhor entrar — afirmou a Sra. Brinkhoff, perguntando-se por um instante se estava tendo alucinações por causa da fumaça da fábrica de cola.

O Sr. Brinkhoff, que ouvira o Inspetor, foi de cadeira de rodas até a sala de estar.

— Isso, com certeza, é um erro.

— É claro que é — repetiu a Sra. Brinkhoff, balançando a cabeça, desconcertada. — É inacreditável. Nosso querido Osbert acusado de quatro assassinatos?

— Mostre as provas! — exigiu Babá, saindo de debaixo de um cobertor carcomido pelas traças e levantando-se com dificuldade do sofá de couro para encarar o Inspetor, olhos nos olhos. — Se vão entrar aqui e acordar uma senhora com ameaças e acusações, têm que mostrar as provas! — Usando o indicador gordinho, cutucou o peito do homem com força. — É isso que eu digo!

— Quando for necessário — afirmou o Inspetor, afastando-se, com medo de que outro cutucão de Babá causasse danos permanentes em seu corpo. — E agora? Posso falar com o menino?

Silenciosamente, a Sra. Brinkhoff abriu a porta do quarto do filho e acordou Osbert com gentileza.

— O que foi, mamãe? — perguntou o menino, sentando-se na cama. — É o papai? Ele está doente de novo?

— Vista seu roupão, querido — pediu a Sra. Brinkhoff. Tinha a cabeça confusa. — Algumas pessoas vieram falar com você.

— É a polícia, mamãe? — perguntou Osbert.

— É — respondeu a Sra. Brinkhoff, desconcertada. — Como você sabe?

— Eu imaginei — afirmou o filho, dando de ombros.

Enquanto amarrava a faixa do roupão, Osbert analisou os acontecimentos. Como fora descoberto? Tinha deixado alguma outra pista? Será que Babá o traíra? E o que poderia fazer? Olhou para a janela. Pensou em pular para a rua, mas sabia que se quebraria em pedacinhos. Por isso, calçou os chinelos e foi até a sala de estar enfrentar o que quer que o destino tivesse preparado para ele.

O Inspetor de Polícia mal podia acreditar que o pequeno menino que estava em frente a ele, de chinelos e roupão, era nada mais, nada menos que o Assassino de Schwartzgarten. No entanto, as provas pareciam levar a essa conclusão.

— Tem alguma coisa a dizer? — perguntou.

— Nada — respondeu Osbert, sombrio.

Deu um beijo de despedida na mãe e, quando se abaixou para abraçar o pai, sussurrou para ele:

— Eu sei a verdade, papai. Você deveria ter entrado no Instituto. Sua nota no exame de admissão foi a maior que o Diretor viu. Foi, inclusive, maior que a minha.

O Sr. Brinkhoff abriu um sorriso triste e prendeu o filho num abraço tão apertado que o Inspetor teve que separar os dois.

— Estenda os braços — pediu o Inspetor enquanto o Guarda pegava as algemas. No entanto, eram tão grandes que Osbert podia facilmente passar as mãos pelos buracos. Em vez disso, o Inspetor resolveu amarrar uma corrente à cintura do menino.

Babá enrolou um cachecol no pescoço de Osbert.

— Não vou contar nada do que sei — sussurrou, piscando o olho discretamente.

O Sr. e a Sra. Brinkhoff observaram, tristes, o Guarda levar Osbert pelas escadas e passar pela porta da frente.

A noite estava gélida e os paralelepípedos em frente ao apartamento, traiçoeiramente escorregadios. Um pequeno grupo de observadores reunira-se fora do prédio e fofocava enquanto o Inspetor levava o prisioneiro para o camburão que esperava às margens da Donmerplatz.

— Eu disse que tinha algo de errado com aquela família — declarou o homem que usava o sobretudo sujo e havia ameaçado arrancar o fígado de Osbert.

— Cortados em pedacinhos em nossas próprias camas — concordou a mulher dele. — Era isso que teria acontecido conosco!

O motorista chicoteou o cavalo e o camburão começou a andar, lentamente.

<hr />

Quando Osbert chegou à delegacia de polícia, a notícia da prisão já havia se espalhado pela cidade e a rua estava lotada de pessoas ansiosas para testemunhar a chegada do Assassino de Schwartzgarten. Ainda carregando Osbert na corrente, o Inspetor de Polícia guiou o menino para dentro da delegacia.

O sargento apontava seu lápis.

— Nome? — perguntou.

— Osbert Brinkhoff.

— Idade?

— Doze anos — informou Osbert.

— Doze anos — repetiu o Inspetor de Polícia, balançando a cabeça, incrédulo — É só um menino. E realmente achou que era mais esperto do que eu, não é?

— Achei — respondeu Osbert. — Achei que isso fosse óbvio.

O Inspetor grunhiu, baixinho.

Depois de anotar os dados de Osbert numa ficha, o sargento fez o garoto passar por uma porta e um longo e escuro corredor cheio de celas.

— Vai ficar na cela dezessete — informou, empurrando o menino com gentileza, mas de modo firme, para um cômodo especialmente sombrio.

— Ele é esperto — avisou o Inspetor a seus homens. — Um menino que consegue matar quatro professores a sangue-frio é alguém que deve ser vigiado.

A porta foi trancada a chave e a cadeado para que todos tivessem certeza de que Osbert não fugiria.

O Sr. Lomm, que não tinha dinheiro para manter o fogo aceso na lareira, deitara-se cedo, mas foi acordado às onze da noite com batidas fortes na porta da loja.

Salvator Fattori havia fechado a delicatéssen muito tempo antes e roncava em seu quarto.

Usando a luz de uma lanterna, o Sr. Lomm desceu até a loja e armou-se com uma perna de porco incrustada de cravos, para defender-se de possíveis ladrões. Abrindo a porta com cuidado, ele ergueu o pedaço de carne, pronto para atacar, caso necessário. Mas não eram ladrões. Era apenas Isabella Myop, que tremia na calçada congelada.

— O que houve? — perguntou o Sr. Lomm, escondendo a perna de porco atrás de si. — O que aconteceu?

— Foi o Osbert — informou Isabella. — Ele foi preso.

A princípio, o professor riu. Depois, percebeu que a menina falava muito sério.

— Tem certeza? — perguntou.

Isabella mostrou a última edição do jornal *O Informante*. Os lábios do Sr. Lomm moveram-se em silêncio enquanto ele lia a manchete: UM MENINO DE 12 ANOS É O ASSASSINO DE SCHWARTZGARTEN?

O professor olhou para cima, os óculos embaçando por causa do frio.

— É melhor você entrar — disse — antes que morra de frio.

As mãos do Sr. Lomm tremiam enquanto ele virava as páginas do jornal. A cabeça doía, tentando entender todo o horror dos supostos crimes de Osbert. O carvão já esfriava na lareira, mas era o bastante para Isabella se aquecer. Por fim, o Sr. Lomm dobrou o jornal e virou-se para a menina.

— Ainda não consigo acreditar — insistiu.

— Mas está tudo aí, preto no branco — retrucou Isabella rapidamente.

O Sr. Lomm apertou os lábios, pensativo.

— Acho — começou Isabella, com cuidado — que, se Osbert Brinkhoff for responsável pelas mortes de tantas pessoas, o Violino de Constantin deverá ficar comigo, por direito.

O Sr. Lomm encarou Isabella, que sorriu angelicamente para ele.

— Não acho que haja precedentes para isso.

— Nem eu — respondeu a menina.

O Sr. Lomm pôs o chapéu e o casaco e preparou-se para levar Isabella para casa.

— Além disso — continuou ele —, Osbert ainda não foi declarado culpado. Tenho certeza de que tudo isso é só uma confusão boba.

Isabella sorriu, simpática. No entanto, em sua cabeça, nenhum pensamento era simpático. Era vital, concluiu, que a culpa de Osbert fosse provada sem sombra de dúvida.

Capítulo Dezesseis

O JULGAMENTO de Osbert Brinkhoff foi o caso mais estranho que a cidade de Schwartzgarten já testemunhara. O prefeito, temendo não ser reeleito se não tomasse uma atitude decisiva, conseguiu que o famoso advogado Septimus Van der Schnell fosse o promotor do caso. O único homem que já havia derrotado Septimus num julgamento fora seu irmão, Octavius Van der Schnell.

Octavius era um homem bom, de coração mole e certa fraqueza por causas perdidas. No entanto, não cobrava barato.

Apreensivo, o Sr. Lomm fechou a porta da delicatéssen e foi até o Banco Muller, Baum e Spink. Dois dias haviam se passado desde a prisão de Osbert, e ele não podia mais adiar o dia sombrio. Se ia ajudar o menino, era vital que descobrisse quanto dinheiro ainda existia na pequena conta do Instituto. O Sr. Lomm não estava certo da inocência de Osbert, mas sabia, com certeza, que os Brinkhoff não poderiam pagar um advogado do porte de Octavius Van der Schnell.

— Vou chamar o Sr. Spink — avisou o caixa, apertando uma campainha elétrica no balcão.

O Sr. Lomm esperou pacientemente no saguão do banco, enxugando gotas de suor nervoso da testa.

O elevador desceu do andar de escritórios e o Sr. Spink surgiu, com um cravo vermelho-vivo na lapela.

— Meu nome é Lomm — cuspiu o professor, ansioso. — Sou o Diretor Substituto do Instituto.

— É claro, Sr. Lomm — assentiu o Sr. Spink. — Estava esperando o senhor. Pode vir comigo?

Ele levou o Sr. Lomm pelo elevador e, juntos, os dois desceram três andares até os cofres mais profundos do banco. Entraram num longo corredor escuro com o pé-direito alto. Então, o Sr. Spink apertou um botão e o corredor foi todo iluminado por uma fraca luz elétrica. As paredes do local eram cobertas de prateleiras que iam do chão ao teto. Cada prateleira continha várias pilhas de cofres de metal preto.

— Que cofre pertence ao Instituto? — perguntou o Sr. Lomm, ansioso.

— Todos — respondeu o Sr. Spink, achando aquilo muito divertido. Fez um gesto, indicando as prateleiras. — Escolha qualquer um.

O Sr. Lomm fechou os olhos e estendeu a mão, escolhendo uma caixa aleatória. Em seguida, abriu os olhos. Tinha a mão pousada sobre o cofre de número OB00185. O Sr. Spink tirou o pequeno cofre da prateleira e colocou-o sobre uma mesa.

— Vamos lá — disse o Sr. Spink, mal conseguindo esconder sua animação. — Abra. — Entregou ao Sr. Lomm uma pequena chave dourada. — Esta chave abre todos os cofres desta sala.

O Sr. Lomm pôs a chave na fechadura. Ela virou com facilidade. Ele ergueu a tampa. O cofre estava cheio de notas.

— Todas as caixas têm essa quantidade de dinheiro? — perguntou, em voz baixa.

— Não — respondeu o Sr. Spink. — Algumas têm muito mais. E, em alguns casos, joias, títulos, lingotes de ouro e prata...

O Sr. Lomm estendeu a mão para se apoiar na mesa.

— Mas o Diretor... — arquejou. — Ele nunca punha a mão no bolso para pagar nada. Não quis comprar um fogão para aquecer meu quarto no inverno. Nem quando o gelo começou a se formar no telhado.

— E é por isso que há tanto dinheiro nesse cofre — explicou o Sr. Spink. — Ele era um bom investidor, mas um homem horrível. Mal pude acreditar quando soube que morreu queimado. Foi um dia muito feliz. — Os olhos do banqueiro brilharam de alegria. — A maior parte do dinheiro do Instituto veio do espólio de Offenbach. Depois que Julius Offenbach morreu de maneira lenta e horrível na banheira, todo o seu dinheiro foi deixado para o Instituto. E agora, como o senhor é o Diretor Substituto, pode fazer o que quiser com ele.

———•———

Do lado de fora do tribunal, as janelas estavam congeladas, mas, dentro dele, o antigo sistema de aquecimento sacudia e sibilava nas paredes, aquecendo a sala a uma temperatura insuportavelmente quente.

Osbert foi levado para a sala de julgamento. Como não era alto o bastante para olhar por cima da grade que o cercava, o meirinho trouxe três livros encadernados em couro para que o menino pudesse subir. Quando subiu a torre de livros e a cabeça do menino se tornou visível, toda a audiência prendeu a respiração. Vestido em suas melhores roupas, com os cabelos louros bem penteados e bem divididos, Osbert parecia uma criança muito pequena e angelical — e não um assassino sendo julgado por matar quatro de seus ex-professores e mandar um quinto para seu destino final embaixo das rodas de um bonde.

A galeria do tribunal estava tão cheia que muitas pessoas tiveram que ficar de pé. Os pais de Osbert e Babá estavam sentados juntos, tristes, quase escondidos, e, bem no fundo da galeria, estava Isabella. Osbert sorriu, mas a menina não retribuiu o olhar.

O meirinho deu um passo à frente e bateu o martelo na mesa.

— Todos de pé.

Um silêncio tomou o tribunal enquanto três juízes entravam na sala e tomavam seus assentos. Depois, entraram Octavius e Septimus, trazendo suas anotações. Os dois fizeram uma reverência para os juízes e tomaram seus lugares. O meirinho chamou a primeira testemunha:

— Augustus Maximus Lomm.

O Sr. Lomm ficou de pé no banco das testemunhas. Fazia tanto calor na sala que o suor escorria em seu rosto, misturado a óleo de amêndoas. O professor enxugou a testa com um lenço enquanto Septimus Van der Schnell se aproximava dele.

— O senhor acredita que esse menino é inteligente o bastante para ter cometido esses crimes?

O Sr. Lomm penteou os cabelos para trás, pois eles caíam em seus óculos à medida que o óleo de amêndoas derretia com o calor.

— É claro que é inteligente o bastante — respondeu o Sr. Lomm. — Mas por que faria isso? Por que razão ele mataria tantas pessoas a sangue-frio?

E essa era a pergunta que passava pela cabeça de todos, sem resposta.

— Próxima testemunha! — gritou o primeiro juiz, impaciente, desejando que ainda pudesse mandar crianças para a forca.

Naquela noite, Osbert estava sozinho em sua cela na prisão, praticando escalas no Violino de Constantin. Ouviu um sacudir de chaves e tirou o arco das cordas.

— Você tem visita — grunhiu o sargento, destrancando a porta da cela.

O menino colocou o violino de volta na caixa quando a Sra. Brinkhoff entrou, sorrindo, nervosa. Atrás dela vinha o Sr. Lomm, e Babá o seguia, fazendo alvoroço.

— Trouxe isto para você — informou Babá, tirando a tampa de uma tigela de bolinhos de maçã quentinhos.

— Obrigado — disse Osbert, depositando a tigela na mesa.

Babá entregou a ele uma colher de metal brilhante. Osbert parecia pensativo, arrumando os cabelos enquanto olhava para o próprio reflexo nas costas da colher.

Sua mãe sorriu, triste, enquanto o filho brincava com os bolinhos Fez-se um silêncio longo e desconfortável, rompido, por fim, pela Sra. Brinkhoff:

— E se disser que sente muito...? — começou ela.

— Mas eu *não* sinto, mamãe — interrompeu Osbert. — Estou muito feliz porque estão todos mortos.

— Será que posso conversar com Osbert em particular? — perguntou o Sr. Lomm, baixinho.

A Sra. Brinkhoff deu um beijo carinhoso no filho e saiu.

— Pode levar isto, obrigado — pediu Osbert, entregando a Babá a tigela de bolinhos de maçã. — Não estou com muita fome.

Babá pôs a tigela de volta nas mãos do garoto.

— Coma tudo como um bom menino. — Ela piscou e seguiu a Sra. Brinkhoff para fora da cela.

O Sr. Lomm sentou-se numa cadeira quebrada num canto da cela.

— Vejo que você continua praticando no Violino de Constantin — disse, aprovando o esforço.

Osbert assentiu com a cabeça.

O professor fez uma pausa, tentando formular a próxima sentença com cuidado:

— Muitas coisas ruins aconteceram. Não há como negar isso. Agora não importa o que você fez. Tenho certeza de que não fez isso sozinho.

Ele apertou os lábios, esperando uma resposta.

Osbert queria contar tudo ao Sr. Lomm. Manter segredos de seu amado professor deixava-o chateado. Estava claro que alguém havia descoberto a coleção de lembranças que Isabella tinha dos assassinatos, mas a menina não podia ser considerada culpada pelo descuido. Além disso, o garoto fizera uma promessa: sempre protegeria a amiga e levaria seu segredo para o túmulo.

— Não tenho mais nada a contar — repetiu Osbert, baixando a cabeça, infeliz.

— O tempo acabou! — gritou o sargento, sacudindo as chaves.

O Sr. Lomm levantou-se da cadeira.

— Obrigado — disse Osbert.

O professor abriu um sorriso triste. Seria a última vez que falaria com o protegido.

Osbert sentou-se na cama dura e ergueu a tampa da tigela de bolinhos de maçã. Enfiou a colher entre os bolinhos e bateu num metal. Curioso, pôs a mão embaixo dos bolinhos e tirou um pequeno pacote embrulhado em papel marrom que havia sido escondido no fundo da tigela.

O menino abriu o embrulho e viu que ali estava seu lindo cutelo.

Às dez horas da manhã do dia seguinte, a corte voltou a se reunir.

— Estamos procurando — disse Octavius Van der Schnell — um *scoius criminis*. Ou seja, um parceiro de crime. Parece inacreditável que Osbert Brinkhoff tenha cometido esses atos sangrentos realmente sozinho.

Enquanto Octavius olhava para o tribunal, observando o efeito de seu discurso, seu olhar parou por alguns instantes em Isabella Myop, que prendeu a respiração e mordeu o lábio. Ele virou-se, esperançoso, para Osbert.

— E então?

Osbert olhou para Isabella.

— Eu *fiz* tudo sozinho — afirmou. — Matei todos eles.

— O quê? — grunhiu o primeiro juiz, malévolo.

— Ele está admitindo? — perguntou o segundo juiz, sem entender.

O terceiro juiz rabiscava o papel à sua frente com a ponta da caneta-tinteiro. Ao ouvir aquilo, passou a escrever com tanta força que destruiu o tinteiro, esparramando o conteúdo sobre as páginas de seu caderno.

— É claro que estou — disse Osbert, calmo. — Eles mereciam morrer.

Os juízes sussurraram entre si:

— Acha que ele ficou maluco? — indagou o primeiro juiz.

— É maluco ou mau — afirmou o segundo.

— Diabólico até a alma — concordou o terceiro.

Eles haviam concordado.

O primeiro juiz virou-se para Osbert.

— Consideramos o acusado culpado de assassinato.

— Não! — gritou o Sr. Lomm da galeria. — Ele é só um menino!

— Silêncio! — berrou o segundo juiz.

— Deve haver algum erro — continuou o Sr. Lomm.

— Não cometemos erros — grunhiu o terceiro juiz.

— Osbert Brinkhoff deve estar temporariamente fora de si — argumentou Octavius, pedindo clemência.

— *Nemo repente fuit turpissimus* — declarou Septimus, triunfante. — Ninguém se torna mau de repente.

— O coração dele é negro como um corvo! — esganiçou-se a Sra. Myop, que ficara muito incomodada ao pensar que Osbert passava muito tempo com sua querida Isabella.

A Sra. Brinkhoff ergueu-se com dificuldade e gritou:

— Mas o que vai acontecer com o meu filhinho? O que vai ser dele?

Septimus sorriu.

— O garoto será mandado imediatamente para o Reformatório de Schwartzgarten para Crianças Desajustadas. Terá uma cela acolchoada só para ele.

Enquanto era levado, Osbert acenou com a cabeça, agradecendo ao Sr. Lomm. Olhou para a galeria, onde o pai tentava acalmar a mãe. E viu Isabella se inclinando para baixo. Ela sorria para Osbert. O Violino de Constantin era dela. O garoto não entendeu. A menina estava feliz por ele ter sido declarado culpado? Enquanto a observava, o sorriso tornou-se uma risada, percebida apenas por Osbert. Isabella Myop estava *rindo* dele.

Três dias depois, às sete da manhã, o sargento levou uma bandeja com o café até a cela de Osbert. O homem não estava sozinho. Trazia consigo a Superintendente do Reformatório de Schwartzgarten. Era uma mulher baixa e severa, com grossas placas de cabelos louros enroladas em cada lado da cabeça, tão redonda e perfeita quanto uma bola de canhão. Cada passo que dava com seus pés chatos parecia ecoar no corredor estreito.

— Um mês sob os meus cuidados e esse bonequinho vai ter todos os planos de assassinato apagados da cabeça dele — vangloriou-se, estalando os dedos de uma maneira que dava arrepios no sargento.

— Aquela é a cela do garoto — disse ele, destrancando a porta do pequeno cômodo escuro e sujo. — Acorde, Brinkhoff. A Superintendente está aqui para levar você.

Não houve resposta. Osbert nem se mexeu na cama.

— Eu mandei você acordar! — latiu o sargento. Ele puxou o cobertor de lã, revelando nada além de um travesseiro e de uma pilha emaranhada de roupas. Osbert Brinkhoff tinha fugido.

O Inspetor de Polícia foi chamado. Ele correu, ofegante, pelo corredor, entrando na cela. Ao puxar a cama para o lado, descobriu um buraco aberto na parede, grande o bastante para um menino pequeno passar. A luz do dia podia ser vista através de um buraco feito do outro lado da parede. Havia um montinho de pedras bem arrumado escondido atrás da porta da cela.

Ao lado dele estava a colher que Babá dera a Osbert. Pondo a mão no buraco, o Inspetor tirou um último cartão de visitas.

Peço desculpas pela minha partida repentina.
Atenciosamente,
O Assassino de Schwartzgarten.

Epílogo

OS MESES se passaram e as estações mudaram. O Sr. Lomm, que era muito prudente com dinheiro, fez com que uma nova escola fosse erguida no terreno do velho Instituto. Ele não tocou no capital investido no banco e pagou toda a obra apenas com os juros que a herança de Offenbach havia rendido.

A Sra. Brinkhoff, que se considerava responsável pelos danos mentais de Osbert, foi trabalhar no Reformatório de Schwartzgarten para Crianças Desajustadas. O Sr. Brinkhoff, apesar de estar de coração partido, recuperou a saúde e retomou seu emprego no banco. Ele também começou um curso por correspondência na Universidade de Brammerhaus, já que descobrira que era *realmente* um gênio, no fim das contas.

Os Brinkhoff, que haviam sofrido muito, mudaram-se do apartamento de Babá e, com o novo salário do Sr. Brinkhoff, puderam alugar uma casa agradável numa avenida margeada por árvores, a leste da Edvardplatz. Sofriam pela perda do filho, mas sempre mantinham a porta aberta, na esperança de que Osbert um dia voltasse.

Babá era uma mulher mudada. Fora contratada para trabalhar para uma família na avenida Borgburg, cuidando de uma linda e precoce menininha chamada Ingrid Van der Schmitt. No entanto, Babá aprendera bem a lição. Ela não levava mais suas crianças para passear pelo cemitério nem ficava horas discutindo as delícias de um bom assassinato. Não, agora restringia-se a doces, bonecas de porcelana e fitas. Babá odiava aquilo. Aquelas coisas deixavam-na enjoada.

— Faça com os outros antes que possam fazer com você — disse, baixinho, sombria, colando uma foto de Osbert em seu álbum de crianças favoritas.

E Isabella Myop? Toda noite, enquanto praticava com o Violino de Constantin, a menina se lembrava do que o Sr. Lomm ensinara sobre consequências musicais inevitáveis, e a ideia dava arrepios nela.

<hr />

Quase um ano se passara desde o desaparecimento de Osbert. Numa noite chuvosa, um dia antes de Isabella ter que devolver o Violino de Constantin para os cofres do Banco Muller, Baum e Spink, ela entrou em seu quarto após o jantar e descobriu que o instrumento desaparecera. As venezianas sacudiam e faziam barulho com o vento, batendo com tanta força contra a janela que a menina teve certeza de que o vidro se quebraria. Alguém roubara o violino.

— Foi Osbert — insistiu ela, o rosto ainda mais pálido que de costume. — Ele voltou para tomar o violino de mim!

— Bobagem — afirmou o Inspetor de Polícia, que suspeitava que Isabella escondera o violino para que nunca tivesse que se separar dele. — O menino já deve estar longe de Schwartzgarten, se é que não está morto.

— Você está sã e salva, meu anjinho — trinou a Sra. Myop, histérica. — Ninguém virá aqui à noite cortar sua cabecinha linda. — Ela deu uma série de tapinhas na cabeça da filha, tranquilizando-a. — Não precisa se preocupar com nada.

Entretanto, Isabella ficou preocupada. Tão preocupada que sua cabecinha linda deixou de ser bonita. Seu rosto tornou-se macilento e assombrado, seus traços, caídos e contorcidos. Ela não conseguia dormir à noite e costumava ter a sensação de que estava sendo observada.

A Sra. Myop ia encontrar Isabella toda vez que ela voltava para casa das aulas com o Sr. Lomm, sobre a delicatéssen de Salvator Fattori. Correndo juntas pelas ruas congeladas, a Sra. Myop contava histórias sombrias para a filha, segurando a mão da menina com tanta força que os dedos de Isabella ficavam brancos.

— Sobre os telhados, o pequeno Osbert corre, com os cabelos em chamas e dentes de lobo — afirmava a Sra. Myop, mantendo a filha próxima a seu corpo, numa agourenta noite gelada e escura, um ano após o desaparecimento de Osbert. — Ele para sobre as chaminés para tocar violino e lança sua sombra contra a lua. Às vezes a música que toca é tão triste que o céu ameaça se partir.

Isabella e a mãe não viram a sombra de Osbert contra a parede.

— Mas é só uma história. Você não precisa ter medo, meu anjinho querido — afirmou a Sra. Myop, com o olhar distraído. — Osbert Brinkhoff nunca mais nos incomodará.

Ela estava errada. Enquanto a Sra. Myop andava de mãos dadas com Isabella pela rua deserta, Osbert saiu das sombras e seguiu-as, seu cutelo brilhando à luz do luar.

O Informante

Um centavo — Edição da meia-noite

"FESTIVAL DO PRÍNCIPE EUGENE DEVE CONTINUAR", EXIGE DIRETOR

Por causa dos recentes assassinatos, temia-se que o Festival do Príncipe Eugene fosse cancelado este ano. No entanto, por ordem do Diretor do Instituto, O Informante fica extremamente feliz em anunciar que o festival vai acontecer de acordo com a tradição e será concluído com uma grande salva de fogos de artifício sobre a tenda principal na Edvardplatz. Além disso, o prefeito de Schwartzgarten declarou que uma recompensa de quinhentas coroas imperiais será oferecida por informações que levem à prisão do amaldiçoado Assassino de Schwartzgarten.

O Informante espera de todo o coração que tal soma seja suficiente para dar um fim à carnificina promovida pelo Assassino. Ver o Assassino levado rapidamente a julgamento e executado numa velocidade ainda maior só poderá levar alegria ao coração dos bons cidadãos de Schwartzgarten.

O Informante

QUEM É O ASSASSINO DE SCHWARTZGARTEN?

É seguro andar sozinho à noite? Seremos mortos em nossas camas? Parece, para *O Informante*, que a resposta à primeira pergunta é um sonoro "não", e a da segunda é, quase com certeza, um assustador "é possível". Como podem os bons cidadãos de Schwartzgarten continuar tocando suas vidas quando a ameaça de assassinato e caos persegue-os a cada esquina? É vital que o prefeito de Schwartzgarten aja, e aja rápido. Se o Inspetor de Polícia não for capaz de prender esse maníaco Assassino, então um novo Inspetor deverá ser nomeado imediatamente. É essencial ser rápido. Não podemos continuar vivendo com medo.

O EDITOR

AOS CÉUS COM ALEGRIA

SERVIÇO DE VOO PROGRAMADO

DO LAGO TANEVA ATÉ SUNKEN CITY

COMPANHIA AÉREA SCHWARTZGARTEN

ALTERE SUA APARÊNCIA

COM OS CABELOS ARTIFICIAIS PATENTEADOS DA **DUTTLINGER**

O Informante

AGENTES FUNERÁRIOS
SCHROEDER & FILHO

FABRICANTES DOS
Melhores Caixões

SATISFAÇÃO GARANTIDA

"NENHUM CORPO ESTÁ DESTRUÍDO DEMAIS,
NENHUM CADÁVER É GRANDE DEMAIS"

CORVO IMPERIAL
LICOR DE MENTA

BALTHAZOR
FONDANTS CREMOSOS
Para Bons Meninos e Meninas

SRS. HEMPKELLER E BAUSCH

ALFAIATES ELEGANTES

FORNECEDORES DE TWEED
BRAMMERHAUS

ESPECIALIZAÇÃO:
CAPAS DE CAÇA

OLGA VAN VEENEN ESCREVERÁ NOVO LIVRO?

Há vários anos que a famosa autora de livros infantis Olga Van Veenen publicou seu último livro para crianças, *A Aventura Impossível*. Parece que, finalmente, ela decidiu começar a escrever um emocionante novo trabalho de ficção.

"Será a história de um menino", disse a Srta. Van Veenen quando a entrevistei, num chá com macarrons, no Hotel Imperador Xavier. "Um menino com péssimo humor, mas muito forte, que tem muitas aventuras emocionantes."

Por que, perguntei a ela, faz tanto tempo que a senhorita não escreve? A Srta. Van Veenen riu corajosamente, mas, em seus olhos, havia um inconfundível brilho de tristeza. "Meu coração chora ao pensar que deixei minhas fiéis crianças esperando", diz, enquanto dá um pedaço de macarron de pistache a seu amado chow-chow. "Só espero que possam perdoar sua amada Olga quando pegarem meu novo livro com seus dedinhos lindos."

Qualquer criança que desejar se tornar membro da Sociedade Aventuresca Van Veene pode mandar seu nome e endereço num envelope junto com uma coroa imperial para: Claudius Estridge, escritório 117 B, Associação de Editores e Impressores, rua Alexis, Schwartzgarten.

PASTA DE ANCHOVA
BIEDERMANN

NENHUM BISCOITO ESTÁ COMPLETO SEM ELA.

A pasta de peixe dos príncipes

SEU FILHO ESTÁ DOENTE DA CABEÇA?

O Dr. Van der Bosch dá esperança para a cura das crianças mais enlouquecidas. Histéricos, piromaníacos, delinquentes etc. Cuidamos de tudo.

Escreva imediatamente para
Dr. M. Van der Bosch,
Rua Marechal Podovsky.

O ~ Informante

CARTAS DE LUNÁTICOS

Os escritórios de *O Informante* estão sendo inundados de cartas e cartões-postais, escritos na letra rabiscada e malfeita de vários lunáticos e potenciais criminosos, que tentam assumir a responsabilidade pelos assassinatos em Schwartzgarten. Infelizmente, não podemos responder a cada confissão individualmente, mas incentivamos qualquer assassino ou maníaco de verdade a ir imediatamente à Delegacia de Polícia, onde serão recebidos e processados o mais rápido possível.

O Museu Negro da Delegacia de Polícia — apenas visitas marcadas

O Museu Negro abriga alguns artigos fascinantes, como uma lâmina de guilhotina (ainda manchada de sangue, da época de Emeté Talbor), cordas de forcas grandes e pequenas, uma incrível coleção de cabeças de cera de assassinos famosos e suas vítimas, uma compilação maravilhosa de digitais e uma série variada de garrafas de veneno diferentes das presentes na coleção da Universidade de Lüchmünster. O museu não é recomendado para pessoas predispostas a ataques nervosos ou crianças impressionáveis.

Sr. Kalvitas
CONFEITEIRO
DA EDVARDPLATZ
por decreto da Corte do falecido
PRÍNCIPE EUGENE

CRIANÇAS:
O INSTITUTO ESTÁ DE OLHO EM VOCÊS